パライソのどん底

芦花公園

幻冬舎

パライソのどん底

Contents

装丁　bookwall
装画　青依青

彼の腿《もも》に滴《したた》るひとしずく、それを舐《な》めとると、彼はかすれた声であぁ、と言った。

サイズの合っていないシャツの隙間《すきま》に手を滑り込ませる。今まで触ったどんなものよりもすべらかで、吸い付くような感触。堪《たま》らなくなってシャツをひきむしり、彼の胸に顔を埋《うず》めた。ほとんど脂肪のない、それでいて女性的な柔らかさを持った胸部は、彼が呼吸をするたび小さく震えている。何度も無意味に頬《ほお》を擦《こす》り付けるうち、熱くなった肌はやがてどちらがどちらの肌なのか分からなくなる。

そうして一つになっていると、ふいに頭を持ち上げられる。目線が合う。彼と目線が合う。彼は本当に俺の瞳を見ているのだろうか。自分がこれほどまでに美しいと知っているのだろうか。だから微笑《ほほえ》んでいるのだろうか。

「抱いて」

と彼が言う。俺は勃起した陰茎を挿入する。

「そうだけど、そう、じゃ、ない」

非難めいた口調と裏腹に、彼は俺を咥《くわ》え込んで放さなかった。もう会話は必要なかった。彼は俺の口唇《くちびる》を貪《むさぼ》りつくし、俺もまた同じようにした。

「灼《や》ける」

絶頂が近付くと彼は少女のような声で叫んだ。

「灼けるっ、お願い、抱きしめて」

灼ける、灼ける、灼ける、その声に促されるかのように俺は果て、同時に彼をきつく抱きしめた。そしてようやく、これが抱いての意味かと気付く。味わいつくされた彼の口唇がひくひくと痙攣《けいれん》している。もう一度深く吸う。陰茎を引き抜こうとすると、彼は脚をきつくからませ、それを拒んだ。きゅう、と強く締め付けられ、再び下半身に血液が集まっていく。

「ずっとこうされたかった、こんなふうに大事にされたかった」

彼の涙が蛍光灯を反射して光っていた。

今が一番幸せだ、これ以上はない、だからもう、殺してください、君のものを深く咥え込んで、君に抱かれて、そしてこのまま死にたい、殺してください、殺してください、殺してください、殺してください、殺してください。

――今でも夢に見る。決まってあの夏の夢だ。俺は彼を幸せにしたかった。

薄茶色の瞳、口元の黒子《ほくろ》、内腿に残るケロイド、柔らかい脇毛、彼が首を傾《かし》げると、そのミルクのような肌に皺《しわ》が寄る、その皺さえも覚えている。しかしなぜ彼が今ここにいないのか知らないのだ、覚えていないのだ。俺は彼を殺したのか、あるいは彼は自ら死んだのか。

今も俺はあの夏にいる。あの暑い噎《む》せ返るような部屋にひとり取り残されている。

俺は彼を幸せにしたかった。

1

＊

贄

高遠瑠樺《たかとおるか》が転校してきたのは高校一年生の秋だった。担任の松田《まつだ》に連れられて教室に入ってきた彼に目を奪われたのは、相馬律《そうまりつ》だけではなかったように思う。彼はあまりにも美しかったのだ。

律は中学まで東京都の渋谷区に住んでいた。中学を卒業する少し前、父方の祖父が体調を崩し、医師に余命一年と診断されたのを機に、ここ森山郡に両親と越してきた。最期を自宅で迎えたいという祖父の希望を尊重したかったが、祖母はもう十年も前に亡くなっており、父が面倒を見るしかなかったのだ。律がごく小さいころは夏休みになると遊びに来たものだ。東京にはない大自然は、特に何もなくともいるだけで楽しかった。しかし、小学校に上がったころには全く寄り付かなくなってしまった。祖父は何度も贈り物やお金とともに連絡を寄越したが、東京には、整備されていない野山を駆け回ることより楽しいことがいくらでもあったから。その罪悪感も手伝って、律は引っ越しに反対しなかった。結局親の都合、というやつだが。

本当に信じられないくらいのド田舎だ、と、引っ越してひと月も経たないうちから律は辟易《へきえき》していた。

娯楽施設の少なさや、虫の多さなどは、ある程度予想通りだった。

律を驚かせたのは田舎の高校生の汚らしさだ。地味なグループに所属している生徒はまだ好感が持てた。ちょうど都会の人間が想像する純朴で垢抜《あかぬ》けない田舎の生徒像そのものだ。しかし「陽キャ」とされるグループの生徒はどうだろう。揃《そろ》いも揃って汚らしくまだらに髪を染め、ピアスをしている。制服をだらしなく着用して、いつでも廊下に座り込んで猿のように笑っていた。東京の「陽キャ」「一軍」は最早《もはや》けばけばしい格好よりも綺麗めにまとまった落ち着いた格好をしていることなんて、彼らは知りもしないのだろう。

律は東京ではありふれた存在だった。顔がそこまで良いわけでも、背が高いわけでもない。そこそこのレベルの私立の中高一貫校に通い、彼女は今までに二人。どちらもキスだけして別れてしまった。しかしここ、森山郡ではどうだろうか。律は唐突に特別な存在として扱われたのである。「東京から来たの？　すごい」「有名人に会ったことある？」「東京の人はオシャレだね」「東京の人は」「東京の人は」「東京の人は」「東京の人は」心底うんざりしていた。女はやたらと律を持ち上げ、積極的に性交渉を迫ってくる。田舎というのは他にやることがないのだろうか。少子化の昨今で、こんな場所にあるのに、廃校になっていないのも頷《うなず》ける。男はといえばヘラヘラとまとわりついてきて、お零《こぼ》れを貰《もら》おうという魂胆《こんたん》なのか必死に話しかけてきた。勉強は驚くほど遅れていて、簡単で、退屈で仕方ない。所詮《しょせん》期限付きの付き合いだと腹を括《くく》って付かず離れず接していたが、内心では汚らしく馴れ馴れしい田舎者たちが、この環境自体が、律は心底嫌だった。

そういうわけで、転校生、それも男が来ると聞いて、もしかしたら、これで何の変哲もない存在に戻れるかもしれないと期待していた。彼らも退屈な生活の中で刺激を求めているだけなのだから、新しい何かが来れば、律のことなど忘れるだろう。

担任の松田は、やけにゆっくりと高遠瑠樺の名前を黒板に書いて、さらに一呼吸置いてから、

「高遠は腹磯《はらいそ》緑地に住んでいる」

と言った。

空気が凍った。そうとしか表現できないほど張りつめた。高遠瑠樺が教室に入ってきた瞬間の、ひどく美しい人間に対する感嘆から来る沈黙ではない、仄暗《ほのぐら》い沈黙。見ると、高遠に目を奪われていた人間のほとんどが、今や打って変わって机に目を落としている。

「仲良くするように……席は相馬の隣だ」

律の隣に座っていた女子生徒は文句の一つも言わず、左端の空いた机に移動していった。何故、空いていたその机に高遠を座らせなかったのか。しかしその当然の疑問を口にする者はいなかった。

高遠瑠樺がこちらに向かって歩いてくる。長い脚をクロスさせるような、独特な歩き方。それさえも美しかった。神というものがいたら、こういう歩き方をするのかもしれない。先程まで女子生徒が座っていた席に腰掛けると、律の顔を見て、

「相馬くん、これからよろしくね」

と微笑んだ。

何も言えなかった、綺麗すぎて。綺麗以外の表現が思いつかないのだ。近くで見ると幅の広い大きな目が輝いていて、鼻がまっすぐで、艶《つや》のある唇がふっくらと盛り上がっていて、その下に色っぽい黒子《ほくろ》があって、なにより肌が、透き通るように真っ白で。これほど胸が高鳴ったことはなかった。心臓が鷲掴《わしづか》みにされているように痛む。今までこんなに長く他人の顔を見つめたこともなかった。男の首筋に浮き出す血管を数えたことも、くっきりとした白い喉仏に噛《か》みつきたいと思ったこともなかった。授業は始まっていたのだろうが、高遠の空間だけそのまま切り取られたかのように、何も聞こえない。高遠も何故か決して、律から目を逸《そ》らさなかった。

高遠瑠樺は美しい。世界で一番、美しい。

高遠瑠樺が来てから環境が一変した。これまで毎日しつこくまとわりついてきた連中がすっかりいなくなったのだ。あの美しさだ。田舎者たちは、高遠瑠樺にターゲットを変更すると律は思っていたのだが、そうはならなかった。それどころか何故か、高遠を見ると気まずそうに去っていく。そして、律に対しても同じように近寄ってこない。しつこい付きまといから解放されるのは願ってもないことだが、この態度の急変は不愉快だった。

ふと、最悪の想定が頭をよぎった。高遠瑠樺を見つめていた――正確に言うと、見つめあっていたのを誰かに見られ、ゲイだと思われたのではないだろうか。東京の学校ではゲイだとかレズビアンだとかトランスジェンダーだとかを理由に虐《しいた》げるような人たちは少なかったけれど、ここは閉鎖的だ。そういう人々を差別する土壌が未《いま》だにあってもおかしくない。なにより恐ろしいのは、田舎における噂《うわさ》の拡散の速さだ。近所に住むナントカさんの息子が本来仕事をしているはずの時間にレンタルビデオ店にいた、などという些末《さまつ》な情報まですぐに広まるのだ。あっという間に両親のもとに届いてもおかしくない。それに伴って家族全員が嫌がらせを受けたりすることもあるかもしれない。先の長くない祖父もいるのに――以前ネットで読んだ、未だにある村八分《むらはちぶ》の記事を思い出して頭が痛くなった。

自分がゲイである、と考えたこともない。高遠瑠樺があまりにも美しかっただけだ。男女関係なく目を惹《ひ》くほどの美しい人間というのはいる。彼はまさにそれだっただけだ。

それに、律がゲイではないということは、少なくともこの学校の生徒には確実に知られているはずだ。入学してすぐ声をかけられて、以来何度も、学校一の美人とされるひと学年上の中山杏子《なかやまあんず》と律が寝ていることは、公然の事実だった。杏子は確かに森山郡の人間にしては見られる容姿をしていた。ティーン雑誌の読者モデルの仕事も何回かしたことがあるらしい。しかし彼女が有名だったのはむしろ、誰とでも寝る女として、だった。杏子は毎日積極的に律を誘ってきた。娯楽がなくて退屈していたのは律も同じだったから、誘われれば乗った。

「りっちゃん」

玄関から出たところで、杏子の肌を思い出していたときにちょうど本人に話しかけられた。つい動揺してしまう。杏子はそのまま律の腕にしがみつき、白い歯を見せて笑っている。

「どうしたの、難しい顔して。一緒に帰ろ」

「杏子さんは」

「さんはいらない、呼び捨てでいいって何度も言ってるでしょ」

「杏子は、俺を避けないんだな」

杏子は頬を律の胸に押し付ける。甘い香水の香りが鼻腔《びくう》を抜けた。

「りっちゃんが避けられてる理由知りたい？」

律が頷くと、杏子は人がいないとこに行こうと言って、律を校舎裏に引っ張っていった。

「高遠瑠樺だっけ、りっちゃんのクラスに来た転校生」

周囲には誰もいないというのに、杏子は囁《ささや》くような声で言った。

「あの子、腹磯緑地から来たんでしょ。腹磯から来た子とは、話しちゃダメなの」

それを聞いた途端、律の心に、田舎への激しい嫌悪感が再びよみがえった。こんな狭い地域の中での差別。

ネズミを多頭飼いすると、やがて虐《いじ》められる個体が出てきて、その個体を除いても、また別の個体が虐められるようになるという。この土地の人間はケージの中のネズミのようだ。

腹磯緑地には、ここに越して来てすぐのときに訪れたことがある。ハナズオウという赤紫の花がたくさん生えている場所だ。律が住んでいる家からは車で二十分ほどかかる。律の父はこの景色を見て、田舎も悪くないと感じる、と言っていた。確かに観光ガイドブックに載っていないのが不思議なくらい迫力のある景色だった。悪く言えば、花以外何もない場所だが。しかしそれが差別の原因になるのは不可解だ。何もなさでいえば、どこも大して変わらないというのに。

「住む場所で差別するのか」

「ち、違うよぉ」

杏子は慌てた様子で続けた。

「腹磯から来た子はね、カミサマっていうか、そういう感じなの。話すと連れてかれちゃうんだって。だから話したらダメなの、そういう言い伝え」

「はあ？」

律が嫌悪感を隠さずに声を上げると、杏子は悲しそうな顔をして俯《うつむ》いた。

「東京から来たりっちゃんは馬鹿みたいって思うかもしれないけど、ここではすごく大事なことなの。何年かに一回腹磯からカミサマが来て、気に入った子を連れてっちゃうって。それで、次の年は豊作になるの。勿論あたしはあんまり信じてないよ。それに、信じたとしても、りっちゃんを無視するのは変だと思うの。一応、気に入られた子にも話しかけたらダメってことになってるけど……あたしはりっちゃんとは話すし」

自分の態度は、大事な言い伝えに背いてまで一生懸命話しかけてくれる杏子に対して失礼だったかもしれない。律はそう反省して、ごめん、と呟《つぶや》いた。

「俺とは話してくれるのに高遠とは話さないのか？　杏子、イケメンが好きって言ってたじゃん。その理屈で行くと、高遠は段違いでイケメンだから——」

少しふざけて言った律を遮《さえぎ》るように、杏子は首を大きく横に振った。

「あたしはりっちゃんにマジで恋してるってずっと言ってるじゃん。りっちゃん、あたしが皆にヤリマンって言われてたとき、庇《かば》ってくれたでしょ」

確かに庇うようなことを言った。ちょうど律が杏子と初めて関係を持った頃だった。ニヤニヤと下品に笑いながら、「ミコ様に慰めてもらったか？」そんなことを聞いてくる男がいた。意味が分からず聞き返すと、「杏子だよ。あいつはヤリマンだから、もうお前も世話してもらっただろう」などと言う。律は、「女性にそういう言い方をするのは良くない」とかなんとか、そんなふうに言い返した気がする。しかし、それは庇ったというよりも、「ヤリマン」などという下品で田舎臭い言葉が嫌いだっただけなのだが。そんなことをいじらしく覚えている杏子が途端に可愛く見えて、律は杏子を抱きしめた。杏子は、今日変な下着穿《は》いてるのに、と口だけで抵抗した。


ことが終わると杏子は律の背中にもたれかかりながら言った。

「高遠瑠樺がイケメンってりっちゃんは言ったし、あたしの友達もびっくりするほど綺麗だって言ってる。でもすっごく嘘くさいってあたしは思う」

「嘘くさい？」

「そう、なんか好かれるために綺麗、みたいな。ごめん、あたし馬鹿だから、あんま分かんないよね」

律は右手を背中に伸ばし、黙って杏子の頭を撫《な》でた。彼女は学校一の美人だと言われているのだ。自分が他人より可愛いという自覚もあるだろう。相手が男でも、対抗心のようなものから嫉妬心が生まれるのかもしれない。

それでも高遠瑠樺は美しい。律は、杏子を抱いている最中、同じことを高遠瑠樺にしたらどんな反応をするかとずっと考えていた。

高遠瑠樺は美しい。世界で一番、美しい。

＊

律が高遠瑠樺に初めて触れたのは、彼が転校してきてから一週間後の体育の授業だった。相変わらず瑠樺と律は避けられている。教室の机は知らない間に、離れ小島のように他の生徒の席から離されている。もはやイジメの域だ。生徒だけでなく教師も、瑠樺と律をセットで扱うのだ。絶滅危惧種のつがいにでもなったような気分だった。

瑠樺は相変わらず目も合わせられないほど美しい。律が話しかけると曖昧に答えることはあっても、自ら話すということはほとんどない。たまに律の方を見てうっすら微笑んでいる。杏子の放った「嘘くさい」という言葉を思い出す。たしかにそうかもしれない。

これほど美しい笑みは見たことがなく、今それは律だけに向けられているのだから、高遠瑠樺は、律のために美しいのかもしれない。

秋だというのにひどく暑い日だった。その日の体育は野球で、さすがに人数の問題か、律たちは排除されずに、別々のチームに入れられた。瑠樺は外野を守っていて、律はベンチで攻撃の順番を待っていた。律の前の生徒が打席で大きくバットを振った。球が弧を描いて飛んでいく。そして次の瞬間、高遠瑠樺が倒れた。ボールを打った生徒が小さく悲鳴を上げる。遠目からでも、瑠樺の白い肌に血の赤さが映えている。反射的に駆け寄って瑠樺を抱き起こした。こんなときでさえ、田舎者たちは言い伝えなどに縛られているのか、凍り付いたように動かなかった。

「大丈夫か」

そう聞くと瑠樺は小さく頷いた。球は顔に直撃したわけではなく、グローブを跳ねて鼻に当たったようだった。瑠樺の高く整った鼻からは、血が止めどなく流れ落ちている。

「俺、保健室に連れていきます」

そう言うと、体育教師は曖昧な笑みを浮かべてよろしく頼む、と言った。目はきょろきょろと落ち着かない。律は不快感を隠さずに、教師を睨《にら》みつけながら立ち上がった。

瑠樺の腕を引いて立たせてやり、肩を組むような形でゆっくりと歩を進める。瑠樺の肌は金色の産毛が生えていて、陶器のように白かった。こうして並んでみると、律よりずっと背が高いことに気付く。骨格が華奢《きやしや》なので気付かなかったのだ。瑠樺の息が耳にかかる。今少しでも頭を動かせば唇が当たってしまうかもしれない。体全体が心臓になったかのように脈打ち、頬が上気しているのが自分でも分かった。

「ねえ」

校舎の裏口に差し掛かったところで瑠樺が囁いた。

「いたいのがすきなの？」

はっとして振り向くと、瑠樺は今までにないほど煽情的《せんじょうてき》な笑みを浮かべている。血が、彼の艶《つや》やかな唇から顎《あご》にまで滴っている。今すぐにでも舐めとりたい気持ちを必死に堪《こら》える。体の中心に血液が集中していくのが分かる。それを隠すように前屈《まえかが》みになって、首を横に振ることしかできない。

「じゃあ、いたくするのがすきなの？」

瑠樺は律から体を離して、地面に落ちた大きめの石を拾うと、律にそれを握らせようとした。

「たたいていいよ？」

何を言われているかも分からず律が動けないでいると、瑠樺は石を自分の顔に向かって叩《たた》きつけ始める。一回、二回、三回、四回——

「やめろっ」

律は強引に瑠樺の手から石を奪い取り、遠くへ放り投げた。瑠樺は微笑んでいる。血まみれの顔面で微笑んでいる。瑠樺は顔の血を乱暴に手で拭き取って、律の顔に塗り付けた。湿った感触と鉄の臭いが鼻腔を抜ける。律はひどく興奮して、瑠樺の顔を見つめる。上気した顔で見つめ返された。なぜこんなに美しい微笑みが自分に向けられているのか分からない。しかもひどく満足そうだ。

「やっぱりすきなんらね」

鼻腔に詰まった血のせいか、瑠樺がはっきりしない声で言った。

「ちがう、俺はちがう、俺は」

「いいよ」

瑠樺は律の腹をゆっくりと撫でた。


保健室には誰もいなかった。もうこうなることは予定調和でしかなかった。彼は当然のようにベッドに横たわり、律は彼にのしかかった。まずは瑠樺から流れる血を舐めとった。ずっとそうしたかったのだ。口に錆《さび》の味が溢《あふ》れた。今まで味わったものの中で一番美味《おい》しい。

ずっと見てたんだよ、と言われ、腹から背中までぞくりと震えが走った。全てが律を興奮させた。杏子——唯一肉体関係を結んだことのある女が気持ち良いと言っていた部分を、ひたすら愛撫《あいぶ》した。腹、首筋、乳首、脇の下。そして陰部に手を伸ばす。瑠樺はくすぐったそうに身をよじってくすくすと笑った。悲しくなってしまった。律は男をどうやったら悦《よろこ》ばせることができるのか知らない。それを見透かしたように彼は律の陰茎に手をかけて、自分の中に招き入れた。

電流が走ったような快感が脳を突き抜ける。しっとりと湿っていて絡《から》みつくように熱い。律は一心不乱に腰を動かすことしかできなかった。

瑠樺の声が耳を擽《くすぐ》る。女とは違う、女よりもずっと甘い声が、ますます脳を浮腫《むく》ませる。

律は今日この美しい生き物と死んでしまうのかもしれない。

高遠、高遠、高遠、高遠、高遠、高遠、いつの間にか獣のように彼の名前を呼んでいた。

「うえのなまえは、きらいっ、した、の、なまえで、よんで」

切なく途切れた声で彼が言う。

「瑠樺っ」

彼の唇が自分の唇を吸うと同時に、律は果てた。

＊

しばらく抱き合ったままお互いの体をこすりつけていると、外から足音が聞こえ、慌てて服を着た。カーテンの陰に隠れて息をひそめる。足音はそのままドアの前を通っていった。瑠樺は鼻をガーゼで押さえながら、またしようねりっちゃん、と呟いた。律は瑠樺の手を強く握り返して、早く瑠樺と一緒に死にたいと、ぼんやり考えた。

十一月にもなるとさすがに寒くなってくる。東京では気候をあまり意識したことがなかったが、森山郡は東京よりずっと寒い気がする。朝起きて息を吐くと、たまに白い。雪も降ると聞いて更にうんざりした。律はどんなに食べても太れない体質で、脂肪も筋肉も薄い。寒さは細い体の骨に沁《し》みるようで、苦手だった。

祖父の具合は相変わらずだ。もうこれ以上良くも悪くもならない。しかし律は熱心に看病をするようになった。祖父が生きている限り、律は森山郡に滞在できる。瑠樺と一緒にいられる。瑠樺を抱ける。

二人は、完全に排除された存在なのだ。授業に出ていようといまいと、あるいは校舎にいようといまいと、誰も文句を言う者はいない。保健室で、体育館で、校舎裏で、何度も体を重ねた。瑠樺は抱くたびにより美しくなるようだった。抜けるように白い肌が桃色に染まっていくのを眺めるのが、律は何より好きだった。長くて細い脚が体に絡みつくのも、射精したあと呆《ほう》けて天井を見る瞳も、全てが美しく、そのたびに律は瑠樺と死にたいと思うのだった。

その日瑠樺が律の腕の中で、

「日曜日あそびにいきたいな」

と言った。

瑠樺は最初の頃に比べると随分言葉が滑らかになった。栗色の頭髪とその顔貌から、東洋の血が薄いのかもしれないと思っていたのだが、しかしその一番の理由は、容姿ではなく拙い言葉遣いと不思議なイントネーションだ。標準語でも森山郡の方言でもない、日本語話者ならまずしないような音節で発声する。不思議には思ったが、不快ではなくむしろ魅力的で、矯正してやろうなどという気には全くならなかった。しかしセックスの合間合間にどうでもいい話をしている――尤《もっと》も律が一方的に話しかけていただけだが――からだろうか、徐々に彼の言葉は標準語に近付いていているような気がした。

「日曜日にあいたいよ」

「勿論いいよ、どこに行こうか」

律は少し驚いていた。こうして瑠樺が遊びに誘ってくるのは初めてのことだ。律はいずれ東京の高校に戻るつもりなのだが、一番の障壁になりそうなのが、森山の非常に遅い学習到達度だった。そのため休日は勉強に時間を充《あ》てており、誰かとどこかへ行くという発想はなかったが、瑠樺が望むなら話は別だ。瑠樺より優先順位の高いものなどない。それに今は、森山郡に永遠に滞在したいとすら思い始めている。

「りっちゃんのいえがいい」

瑠樺は律の腕に細い指を絡めて微笑んだ。瑠樺は最近、『りっちゃん』と呼ぶのがお気に入りだ。

その週の日曜は大変都合が良かった。父は会社の付き合い、母は東京にいる親戚の集まりで出かけており、夜まで帰らない。家には祖父と律、二人きりだ。

看病の甲斐《かい》あってなのかは分からないが、祖父はいつになく顔色が良かった。と言っても、コミュニケーションを取るのはかなり難しい。祖父は長年の喫煙から慢性閉塞性肺疾患《COPD》を患っており、常に酸素吸入器のチューブを鼻に通している。体調を崩して以来、徐々にボケてしまったのもあって、発声の面でも認知の面でも会話は非常に困難だ。そのこともまた、都合が良かった。瑠樺が来ても、瑠樺と何をしていても、祖父が何か言ってくることはないだろうから。

瑠樺との約束は午後一時だ。軽い昼食を食べて、それから——さすがに祖父がいる場所でセックスするのはまずいかもしれない。しかし、瑠樺に会える。いつもは会えない場所で。律の心は躍っていた。

興奮が過ぎて前の晩によく眠れなかったためか、朝食のあと眠気に襲われ、気付くと時計は約束の時間の三十分前を指していた。

「おじいちゃんごめん」

急いで祖父の食事の準備をする。さすがに祖父に食事をやらなかったなどということがあってはならない。母の用意した、誤嚥《ごえん》しないようにとろみをつけた食事を祖父の口に運ぶ。祖父は黙ってそれを咀嚼《そしゃく》した。祖父の目は白く濁って生気がなく、律は祖父に顔を近付けるこの作業が好きではなかった。食器が空になると祖父は口をかすかに動かす。ほとんど聞こえないが、すまない、と言っているようだ。その後、訪問診療の歯科医に言われた通り、たらいを持ってきてやって、体を起こしたまま歯を磨かせる。食べかすが口の中に残っていると、それも誤嚥の原因になるそうだ。虚《うつ》ろな表情の祖父を見ながら、律は瑠樺のことを思い出した。

動きが緩慢で死を待つばかりの老人と、輝くような笑顔の少年。生と死。部屋には祖父の含嗽《うがい》の音が響いた。律は祖父の口の周りを丁寧に拭く。

ふと、呼び鈴が鳴った。田舎の人間なら呼び鈴など鳴らさず勝手に扉を開けて入ってくる。おそらく瑠樺だろう。画素数の粗いモニターに白い人影が映っている。嬉しくなって立ち上がろうとすると手首を摑まれた。

「出てはならね」

祖父の声は掠《かす》れきっていたが、地面から湧《わ》き出たように響いた。濁った目に燃えるような力を宿して、こちらを見上げている。

「あれは呼ばれねば入れね、出てはならね」

「なんでだよ……あれは友達で」

祖父の手を振り払おうとしても、骨ばった手ががっちりと食い込んで離れない。普段は弱々しく一人では移動することもままならない老人とは思えないほどの、強い力だった。

その間にも呼び鈴は連続的に鳴り続けている。確かにおかしいかもしれない。子供のいたずらのように何度も――唐突にそれが止《や》んだ。不気味な静寂が訪れる。

「……瑠樺か？」

玄関に向かっておそるおそる問うてみる。わずかな沈黙の後、それは言った。

「りっちゃん、あけてー」

瑠樺の声だ。何度も聞いた、一瞬で人を虜《とりこ》にするあの美しい声だ。

「りっちゃん、あけてー」

「入れてはならねっ」

祖父が大声で怒鳴る。

「お前の来るとこでね、帰れ」

――ガタン、ガタガタ
玄関の扉が揺れる音がした。

「りっちゃん、あけてー」

何故瑠樺は、

「りっちゃん、あけてー」

玄関の鍵は開いているのに、

「りっちゃん、あけてー」

入ってこないのだろう。

「りっちゃん、あけてー」

「りっちゃん、あけてー」

「りっちゃん、あけてー」

「りっちゃん、あけてー」

「りっちゃん、あけてー」

「りっちゃん、あけてー」

「りっちゃん、あけてー」

「りっちゃん、あけてー」

「りっちゃん、あけてー」

「りっちゃん、あけてー」

「りっちゃん、あけてー」

「りっちゃん、あけてー」

「りっちゃん、あけてー」

「りっちゃん、あけてー」

「りっちゃん、あけてー」

「りっちゃん、あけてー」

「りっちゃん、あけてー」

「りっちゃん、あけてー」

「りっちゃん、あけてー」

「りっちゃん、あけてー」

「りっちゃん、あけてー」

「りっちゃん、あけてー」

「りっちゃん、あけてー」


湿ったような臭いで目を覚ます。気付くと律は、祖父に抱きかかえられるような格好で寝ていた。外は暗くなっている。はっと飛び起きて時計を見ると、七時を回っていた。

「おじいちゃん」

祖父はぐっすりと眠っている。死んでいるのかと思ったくらいだ。もう七時だ、祖父の晩ご飯、それより、瑠樺は、瑠樺は。律はふらふらと立ち上がる。頭が割れるように痛い。

――ガタン
玄関でまた音がして、心臓が跳ね上がった。律の手は縋《すが》るように祖父の寝巻の裾《すそ》を摑んだ。

「りーつー、ただいまー！」

明るい女の声。母だ。

「あらっ！　やだー、律、あんたお義父《とう》様に夜ご飯食べさせてないでしょ！」

「ごめん……寝ちゃって」

「もう、気を付けなさいよ」

忙《せわ》しない母の挙動に安堵《あんど》しながら、朝感じた強烈な眠気を思い出す。そうだ、全て夢だったのかもしれない。おそらく、祖父に歯を磨かせたあとふたたび寝入ってしまったのだ。瑠樺は律が寝ていることに気付いて帰ってしまったのだろう。その方がずっと辻褄《つじつま》が合う。

母は食事の支度をしながら、何かを思い出したかのように手を打った。

「そうだ、玄関見てみてよ。いたずらだと思うけどすごいのよ、綺麗で」

もしかしたら瑠樺が何かメッセージを残していったのかもしれない。そう思うと申し訳なさが溢れた。明日学校で謝らなくては。律は土間に下りて扉を引いた。

「すごいでしょー、誰がやったのかしらね、お花畑みたいよね」

母の声がやけに遠く聞こえる。門から扉まで隙間なく、花が敷き詰められている。ポピー、アスター、ガーベラ、ユリ……とにかく多種多様な花が。季節はずれの花まである。目を凝らして律は気付く。違う。これは置いてあるのではない。地面から生えているのだ。

今は冬だ。にわかに心臓が速く脈打った。反対に体温が下がっているのが分かる。

街灯のない田舎で、月に照らされた色とりどりの花は、ひたすら美しく、不気味だった。

＊

瑠樺に、昨日出迎えられなかったことを謝りたかった。玄関に咲いた花や、扉を叩いた何かが、夢でも現実でも。しかし登校しても瑠樺はいなかった。瑠樺に会えなかったことだけは、事実だ。

その日は人生で一番退屈だった。

律は退屈しのぎに、昼休みと五限と放課後に杏子を抱いたが、心は満たされなかった。なにもかも瑠樺には遠く及ばない。それなのに彼女の体温に触れるたび、瑠樺の肌を思い出し、猿のように昂《たかぶ》った。

そんな日が一週間も続いた。律は気が狂いそうだった。自分で自分の体が制御できない。何度そういうことをしても、体の熱は冷めず、立っていても座っていても夢を見ているような気分だった。

相変わらず、学校の田舎者たちは律に触れてこようとしない。瑠樺のいない律は路傍の小石のようなものだ、前のように。そう、ここへ来る前のように。

とうとう熱に浮かされた律は考えるようになった。瑠樺なんて最初からいなかったのではないかと。律が頭の中で考え出したひどく美しい生き物で、だから自分に都合よく振舞っていただけなのではないかと。杏子が言っていた通りだ、嘘くさい、律のために美しい、そんな――

「おい」

鋭い声が聞こえたのと同時に、律の隣を歩いていた杏子が突き飛ばされた。杏子の甲高い悲鳴が脳に刺さり、律はようやっと前が見えるようになった。

背が高く筋肉質な男が律の方をまっすぐ向いている。顔は逆光で真っ黒に潰《つぶ》されていた。

男は粗野な笑い声を上げながらしゃがみ、倒れた杏子に近付いて、顔を鷲掴《わしづか》みにした。

「これが『今回の』か？」

質問の意味が全く分からず固まっていると、男はさらに大口を開けて笑った。

「悪くない。悪くはないが、なんだ、随分へボだな、今回のは。お前こんなのが好みなのか？」

「その子は違いますよ、礼本《あやもと》さん。見たことがあるでしょう？　忘れた？」

男のものであろう黒いバンから、小柄な女性が降りてきて言った。

「大体、あなたには確認を頼んだだけのはず。手を出すことは許可していません。放しなさい」

目が大きく、猫のような可憐《かれん》さのある美人だった。体格や甘い顔に似合わない威圧感を

備え、瞳に冷たい雰囲気がある。彼女はため息をついて、

「あなた、一体何をやっているの」

と杏子に言った。

杏子の方を見ると、礼本に突き飛ばされた姿勢のまま俯《うつむ》いて唇を震わせている。いつもふにゃふにゃ笑っている彼女からは想像もつかない表情だった。

女はその冷たい目線を杏子から律に定めて、口角をわずかに上げた。

「あなたが相馬律さんですね。私は森山神社のイミコを務めている中山林檎《りんご》と申します」

森山神社。イミコ。中山林檎。言葉が耳を通り過ぎていく。そういえば小高い場所に古びた神社があって、そこからだと村が見渡せるのだと父が言っていたような気がする。律は黙って「イミコ」の次の言葉を待った。

「相馬さん、あなたは腹磯のアレに魅入られている、そうですね」

今度は言葉の意味がしっかりと脳に焼き付いて、同時に律のはらわたに耐えがたいほどの怒りが湧いてくる。瑠樺のことだ。瑠樺のことを「腹磯のアレ」と呼んでいる。綺麗な顔をしたこの女も、やはり下らない迷信を信じて瑠樺を迫害する田舎者なのだ。

怒りと同時に、何故か安堵もしていた。瑠樺は律の作り上げた妄想などではない、と分かったからだ。あの美しい瞳も声も柔らかな唇も甘い肌も白い脚も潤んだ粘膜も全て――

「その沈黙は肯定と見なしていいのでしょうか」

イミコの冷たい声が思考を切り裂いた。

「分かりませんね、なんのことだか」

律は努めて平静に答えた。イミコの瞳は、答えを聞いても冷たく凍っていた。

「りんごちゃん、そんなお堅い聞き方しなくても、こう聞きゃ一発だ」

それまで黙っていた礼本と呼ばれた男が、にやにやしながら近付いてくる。彼は律の前に立ちはだかると、気持ち良かったか？　と一言一言区切るように口を動かした。

「アレはお前の欲しいものを欲しい姿で与える。なあ、気持ち良かったよな。毎日毎日ヤってんだろ、お前も」

「違うっ」

律の顔が一気に熱を持った。その熱のまま目の前の男が焼け死ねばいいと律は思う。

律と瑠樺はそんなものではない。瑠樺は美しい。そんな下品な言葉を美しい生き物に浴びせることは許さない。瑠樺は律の美しい生き物で、こんな男が訳知り顔で語っていいようなものではない。

「何が違うんだよ。お前がアレとベッタリなのは……」

「そんなのは下品な妄想だ！　好きだから……愛してるから」

礼本は鼻で笑って、

「愛してる？　じゃあ具体的にどこが好きなんだ？　体と顔だろ、それ以外であるのか」

「笑顔っ」

口から、出まかせの言葉がすらすらと出た。これは嘘だ。瑠樺の魅力は笑顔などではない。瑠樺そのものだ。しかし、この男が「体と顔」という言葉を使って瑠樺を侮辱するのは絶対に嫌だった。

「どんなときでも、いつも笑ってる。優しく笑ってる。それが、すごく綺麗で……」

「後付けだな。それに、いつも笑ってるのはアレの特性だ。アレはそういうふうにできてんだよ」

律は拳《こぶし》を振り上げて礼本を打とうとしたが、易々《やすやす》と手首を摑まれ、逆にひねり上げられてしまう。

「アレは俺のお下がりだ。俺だけじゃない、よそからここに来た男、全員のお下がりだぞ」

「うるさいうるさいうるさいうるさいうるさいうるさいうるさいうるさいうるさい」

耳を塞《ふさ》いでしまいたかったが、摑まれた手首がそれを許さなかった。礼本は滔々《とうとう》と語る。

瑠樺がどんな声で鳴くか、どんなふうに腕を絡ませるか、どんなふうに舌を使うか、どんなふうに受け入れるか、どんなふうに——

「口でするのもなかなかだろう」と言って礼本は目を細める。俺がしつけたんだと自慢気に頷きながら。

律は嘔吐《おうと》していた。礼本が吐瀉物《としゃぶつ》を避けるように飛び去り、手首が解放される。そのまま地面に膝《ひざ》をついて、胃の中が空になるまで吐いた。

頭には「お下がり」という文字が漫画のオノマトペのように浮いて、点滅して、こびりついた。そうだ、瑠樺は慣れていた。初めてのときもすんなりと受け入れて。名も知らぬ大勢の男たちと、蛇がのたうつように絡まり合う瑠樺を想像する。お下がり。きっと誰にでもあの美しい犬歯を見せてねだるのだ。お下がり。白い濁流が脳を侵していった。お下がり。

散々吐いて胃液も出尽くした頃、あいつはそんな男じゃない、と呟いた。誰に聞かせるわけでもなく、自分を鼓舞するための言葉だった。瑠樺が何人と交わっていようと、誰にでも股を開く阿婆擦《あばず》れと呼ばれるような、そんな男ではない。瑠樺は世界で一番美しいのだから。

意外なことに、その一言で礼本の顔色が変わった。何の表情もなかったイミコでさえ、驚きが顔に出ていた。不快な二人組の動揺を見て、少し気分が軽くなる。

「男？　今回のアレは男なのか？」

「……そういうこともあるのでしょう」

ふたたびイミコを見ると、仮面が張り付いたような元の顔に戻っていた。

「アレは花を咲かせたと聞きました。相馬さんは何を捧《ささ》げたのですか」

「あいつをアレと呼ぶのはやめてくれ」

「ルカは花を咲かせましたね」

イミコは顔を歪《ゆが》めていた。

「ああ、呼ぶのも嫌だ。早く答えなさい。大事なことなのです。あなたは何を捧げたんだ」

「何も捧げてなんかいない」

気迫に気圧《けお》されて、律は思わず素直に答えた。やはりあの花を咲かせたのは瑠樺なのだろうか。しかし捧げた、の意味が分からない。律は瑠樺に何も渡していない。金も食べ物も。あのあと、一回も瑠樺と会っていないのだから。

「嘘を吐《つ》くな！」

思い切り頬を張り飛ばされ、地面に転がることになった。礼本は先程のにやついた笑みを消して、歯をぎりぎりと食いしばっていた。

「アレは一定以上の精を吸い取ると花を咲かせるのですよ。アレがどうして花を咲かせるのかは分かりませんが、タダで、というわけにはいかないようです」

イミコは指三本をピンと伸ばした。そしてそれを礼本の眼窩《がんか》にまっすぐ突き入れる。

「あっ」

「うるせえな、大丈夫だよ」

礼本は面倒そうに吐き捨てる。血の一滴も滴り落ちることなく、ぽとりと礼本の眼球が地面に落ちた。イミコはそれを両手で覆うように拾って、律の目の前で手を開いた。

「彼は目を奪われました。これは義眼です」

光を反射してぬらぬらと光るそれは、確かにガラス製のようだった。

「め、みみ、はな、したのね、はい、いのふ、はらわた、そしてようぶつ——アレはどれかを奪います。捧げる頃にはほとんどの人間が傀儡《くぐつ》のようにアレの言うことを聞くようになるので、何一つ疑問に思いません。そして幸せに、幸せに死んでゆくのです。アレに脳を穢《けが》されたまま。礼本さんは片目を抉《えぐ》られた痛みで正気に戻り、そのまま熱された火箸《ひばし》でアレを焼いたのだそうです。……いずれにせよ、あなたが何も捧げていないのは奇妙ですが……よかった、本当に何も捧げていないのですね」

「ああ」

様々な情報が脳を行ったり来たりして、発熱しそうだった。律は曖昧に相槌《あいづち》を打つことしかできない。

「でしたら、やることはひとつです。早くこの村から出なさい」

女はまた少し口角を上げている。死にますよ、という声が、何もない草地にこだました。

全て嘘なんじゃないかと思う、と律が言うと、未だ顔色の悪い杏子は首を横に振った。もう気付いてるかもしれないけど、と前置きして、

「あれあたしのおねえちゃんなんだ。中山林檎。林檎と杏子、どっちもフルーツ、ちょっと可愛いでしょ……」

彼女は力なく笑って続ける。


うち、神社やってるんだ。山の上の森山神社。りっちゃんには言ったことあるけど、聞いてなかったよね。だってりっちゃんは高遠瑠樺に夢中だったもん……めんどくさいこと言ってゴメン、責めてるわけじゃないの。おねえちゃんは神社の忌子《いみこ》。バイトの巫女《みこ》さんじゃなくて、そういう資格？　持ってるんだって。うちには女しかいないから、おねえちゃんが跡継ぎなの。もしあたしが姉でおねえちゃんが妹でも、多分おねえちゃんになったと思う。おねえちゃんはそういうチカラがあったの。だからおじいちゃんは昔からおねえちゃんに仕事手伝わせてた。みんなおねえちゃんに期待してて――あたしも真似《まね》して色んなことやったけど、ダメだった。みんなに見てほしかったんだけどね。あ、ごめんごめん、高遠瑠樺の話だっけ。

あたし知ってたの。腹磯の子はカミサマとか言ったけど、違うの。アレは良くないものなんだ。おじいちゃんに腹磯の子とそれに魅入られた子に近付いたらダメだって言われて

たのはほんと。あたしもりっちゃんに近付かないようにしようと思ってたけど、おねえちゃんと違ってあたしには何もできないし、りっちゃんのこと好きになっちゃったから。アレがりっちゃんと過ごす時間をちょっとでも、ほんのちょっとでも減らせたら、何か変わるんじゃないかって。でもダメだった。りっちゃんはアレに夢中になっちゃった。りっちゃん、あたしは礼本さんのこと大嫌いだけど、礼本さんが言ってたことはほんとだと思う。りっちゃんはアレの顔と体が好きなだけ。好きだからなんでも良いふうに見えるの。ごめん、怒らないで。あたしとおねえちゃんと礼本さん、三人だけが、りっちゃんに生きて欲しいと思ってるんだよ、この村で。おじいちゃんも、この村の人もみんな、いつもみたいによそ者が連れていかれて終わりがいいって思ってるんだから。礼本さんのときはね、礼本さんの代わりに三谷《みたに》さんっていう若い男の人が連れていかれた。

おねえちゃんだけはおかしいって言ってる。何も知らないよその人にこんなの押し付けるのはおかしいって。生贄《いけにえ》みたいなのは変だって。それでずっと準備してた。だからおねえちゃんに任せれば大丈夫。もうりっちゃんの家族のとこにも行って説明してると思う。だいじょぶだよお、家族は絶対信じてくれる。お父さんは元からこの辺の人でしょ。それにおねえちゃんコワイでしょ。なんか言い返せない感じ。だからおねえちゃんの言う通りにしてくれるはず。お願い、りっちゃんもそうして。

あたしは村の誰かがりっちゃんの代わりに死ねばいいのにって思ってるよ、そんなの当たり前でしょ。こんな村大っ嫌い。早くなくなればいい。みんなあたしのことやらしい目で見て、あたしのことヤリマンって呼んで、それであたしもそうするしかなくて、大っ嫌い、ここの男なんて全員死ねばいい！……ありがとう、慰めてくれるんだね。やっぱりっちゃん、優しい。好き。

へへ、ごめん、ちゅーしちゃった。嫌だよね。分かってる。いまりっちゃんはアレ以外欲しくないもんね。今だって全然、あたしの言うこと聞いてないでしょ。信じてないでしょ。りっちゃんはアレが一番だし、アレのことしか考えてないもんね。アレとえっちしたいんだもんね。きっと何かあったらあっちを取る。あっちに行っちゃう。おねえちゃんが「死にますよ」って言っても、りっちゃんはアレと死んでもいいって思ってるから、何とも思ってないでしょ。このまま無視しようって思ってる。あたしは、ううん、あたしだけじゃない、アレ以外のみんなは、りっちゃんにとってどっかに消えて欲しい邪魔なものなんだよね。分かってる。だから——

薄れゆく意識の中で杏子の艶めいた唇が動くのを見た。

ね　む　っ　て　て

＊

瑠樺の腿に滴るひとしずく、それを舐めとると、瑠樺はかすれた声であぁ、と言った。

サイズの合っていないシャツの隙間に手を滑り込ませる。今まで触ったどんなものよりもすべらかで、吸い付くような感触。堪らなくなってシャツをひきむしり、瑠樺の胸に顔を埋めた。ほとんど脂肪のない、それでいて女性的な柔らかさを持った胸部は、瑠樺が呼吸をするたび小さく震えている。何度も無意味に頬を擦り付けるうち、熱くなった肌はやがてどちらがどちらの肌なのか分からなくなる。

そうして一つになっていると、ふいに頭を持ち上げられる。目線が合う。瑠樺と目線が合う。自分がこれほどまでに美しいと知っているのだろうか。だから微笑んでいるのだろうか。

「抱いて」

と瑠樺が言う。下半身に熱が集まる。そのまま、勃起した陰茎を挿入する。

「そうだけど、そう、じゃ、ない」

非難めいた口調と裏腹に瑠樺は咥え込んで放さなかった。もう会話は必要なかった。瑠樺は律の口唇を貪りつくし、律もまた同じようにした。

「灼ける」

絶頂が近付くと瑠樺は少女のような声で叫んだ。

「灼けるっ、お願い、抱きしめて」

灼ける、灼ける、灼ける、その声に促されるかのように律は果て、同時に瑠樺をきつく抱きしめた。そしてようやく、これが抱いての意味かと気付く。味わいつくされた瑠樺の口唇がひくひくと痙攣《けいれん》している。もう一度深く吸う。陰茎を引き抜こうとすると、瑠樺は脚をきつくからませ、それを拒んだ。きゅう、と強く締め付けられ、再び下半身に血液が集まっていく。

「ずっとこうされたかった、こんなふうに大事にされたかった」

瑠樺の涙が蛍光灯を反射して光っている。

＊

そうだ、瑠樺と律は幼馴染《おさななじみ》だった。ずっとだ、ずっと昔からだ。好きだとか恋愛だとかそういう気持ちでは言い表せないものを抱えていた。産まれたときからずっと一緒だった。半身ですらなかった。瑠樺は律の全てだった。

セックスという単語を知る前から二人でどろどろに溶け合うそれを知っていた。瑠樺が律の家に泊まりに来たとき——小学校高学年くらいだっただろうか。そのとき、夜更かしをしてテレビを観ていた。なんとかという巨匠の撮ったアート志向の作品、内容は難解でよく分からなかった。それでも十分だった。見たこともないくらい綺麗な白人の俳優と女優が重なり合っていた。二人の舌が二匹の蛇のように絡まり、離れ、また絡まる。ぴちゃぴちゃという音は雨の日の水たまりとは明らかに違う、何かとても素晴らしいもののように聞こえた。同じ布団を被《かぶ》っていた瑠樺の震えが肩に伝わる。瑠樺の方を見ると、彼もまた律を見ていた。第二次性徴を迎え、小汚く男性的になりつつある律と違い、瑠樺の顎《あご》の線はふっくらと丸みを帯びている。首は細く、快楽で顔を歪める画面の女優よりもずっと柔らかそうだった。瑠樺が律の手を強く握った。映画が終わってカラーバーが画面に表示されても二人はずっと混ざり合っていた。

もっと以前の話をすれば、小学校に上がる前だ。砂場で遊んでいた。瑠樺が山を作り、律はトンネルを掘った。掘った向こうに瑠樺の小さな手があった。泥まみれのぬるついた小さな手を摑んだ、そのとき。

また、夏休みのことだった。縁側で二人はかき氷を食べていた。瑠樺はひとすくいの氷を唾液で溶かし、それを全体にかき混ぜて美味しそうに食べた。りっちゃん、こうすると美味しいんだよと笑顔で言った、そのとき。

律と瑠樺は同じことを考えて同じように行動した。

体をゆっくり起こすと、いつの間にか瑠樺は笑顔に戻っている。ミルクを紅茶に溶かしたような色の髪が真っ白なシーツに何本か落ちている。それを拾い上げて匂いを嗅ぐと、うす甘い花のような香りで脳が満たされた。何やってるの、と瑠樺が微笑む。記憶の形をした変にくっきりとした映像を思い出しながら、律はまた、瑠樺の口唇を吸えばいい。

突然、肩を叩かれる。ここは誰も知らない場所だ。律は細心の注意を払って、ここで蜜のような時間を過ごすと決めた。誰も知らない、誰も止めようのないこの場所で。驚いて振り向くと、そこには瑠樺と比ぶべくもない、貧相な少年が立っていた。目は落ち着きなく泳いでいる。

「もうこれで最後にしようよ」

少年は声に怯《おび》えの色を滲《にじ》ませて言う。

「最近の律は怖いよ。最初は練習のはずだったじゃん。俺も強く言わないからいけなかったんだろうけど、最近怖いし気持ち悪いよ。もう俺やりたくねえよ」

「だめ」

瑠樺の指が顔に絡みついてくる。瑠樺は律の下で相変わらず笑みを浮かべていた。

「りっちゃんは瑠樺と一緒にいるんだよ。瑠樺を大事にするんだよ。だからだめ。振り向いたりしないで」

当然だ。瑠樺を一生大切にする。瑠樺とここで溶けて、どちらがどちらなのか分からなくなるまで溶けて、そうして瑠樺になりたい。瑠樺の瞳をじっと見つめる。瑠樺も律を見ている。

目の前に火花が散る。あの貧相な少年がやったのだろうか。衝撃が頭蓋骨《ずがいこつ》を伝わって顎が揺らされる。視界が歪み、目からとめどなく涙がこぼれる。振り向くと、少年が数人の男を引き連れて立っていた。連れの男たちの顔は曖昧模糊《もこ》として霧がかかったようだ。しかし嘲《あざけ》り、怒り、そんなものだけは嫌というほど伝わってくる。彼らの手を見て納得する。皆、手に棒状のものを持っていた。それで律を打ち据えたのだ。

「気持ち悪いんだよオカマヤロー。二度と学校来んじゃねえぞ。写真もばらまいたからな」

貧相な少年が貧相な顔を歪めて笑う。その目には、もう怯えや不安感はなかった。何故か律は安心する。彼が今楽しいなら、それで幸せなのかもしれない。打たれた場所がじくじくと痛む。律は舌を伸ばして、上唇に垂れた液体を舐めとる。塩辛さが心地よい。地面の冷たさを頬に感じながらひたすら幸せに浸る。

「だめ」

瑠樺が律の首に手をかけている。

「りっちゃんは瑠樺と一緒にいるんだ。瑠樺を大事にするんだ。振り向くな」

そう。瑠樺を大事にする。それが律の命題なのだ。一生の。瑠樺は言わば律なのだから。

瑠樺がいなくては律はいられないのだから。もう瑠樺になることに一切、なんの迷いもない、それでしか誰も救われない。

瑠樺が口を大きく開けて律を迎え入れようとしている。あの美しい犬歯が当たると動脈はプツリと裂けるのだろうか。赤い舌が炎のように揺らいでいる。胃液さえも甘く香るのだろうか。

「何を寝ぼけたこと言ってるんだ。お前はもうここにはいられないんだ。お前だけじゃない。俺も、母さんもだ」

「どうしてこんなことに……あなた普通だったじゃない。普通に生きてきたじゃない。なんでこんなことするの？　そんなに私を苦しめたいの？」

振り向くと今度は父と母だった。暗い顔だ。心がちりちりと焼け焦げていく。暗い顔をしても仕方ないのに。魚が陸で暮らせるだろうか。律は頭を下げる。額を地面に擦り付ける。きっと分からないだろうが、あなたたちが期待しているのはそういうことなのだ。

「もうお終《しま》いね。どうやって生きていったらいいの明日から……」

「当面あっちで生活することにした。ちょうど親父《おやじ》の具合も悪いしな。昨日異動願を提出してきたよ」

「本当にどうしたらいいの、私たち、あんなド田舎で暮らすしかないの？」

「そんなこと言ったって仕方ないだろう！　俺だって嫌だ、どんなに努力して東京に出てきたと思ってるんだ！」

「あなたごめんなさい……ごめんなさい……でも自信がないのよ……私がこんな……を……んだから……」

「強く言って悪かったな……五年、いや十年いれば……」

父と母は暗い顔をして、時折声を荒らげながら煩《わずら》わしそうにこちらを窺《うかが》う。律の口は動かない。彼らは人で、こちらは魚で、言葉が通じるわけもない。それでも伝えたい。魚どころではない、あなたたちにとって俺はバケモノなのだ。バケモノですらないかもしれない。胸に後悔が押し寄せた。すみませんでした。頭を何度も床に打ち付けるが、バケモノの謝罪はあなたたちには届かないのだった。それでもひたすら打ち付ける。何度も、何度も。

✳

「製造責任というものがありますから」

やけに通る声が、鐘のように響いた。同時にねっとりした快感も、塩辛い幸せも、床に打ち付けた額の痛みすらも消えていく。

「ああすみません、こちらの話です。あなたがたを責めているわけではありませんよ」

そうして律はやっと、自分が今どうなっているか認識することになる。全身をきつく縛られ、床に転がされていることを。

眼前に白装束に身を包んだあの女がいた。これがイミコの正装なのだろうか。次第に視界がはっきりしてくる。室内。板張りの床。白漆喰《しろしっくい》の壁。窓が六つ。外は暗い。律は、六角柱の建物がどこか寒々しい場所にぽつんと建っているのを想像する。

律とイミコを囲うように柱が立ち、そこに注連縄《しめなわ》が張られている。両親、それに杏子までがその外側から律を見ている。

しかし、それら全てのことより、未《いま》だ律の頭は一つのことで支配されている。

瑠樺はどこにいるのか。

辺りを見渡そうと踠《もが》いても、首まで固定されているため叶わない。

「そんな顔をなさらなくても、もうすぐここに来ますよ。尤《もっと》もなにもせず会わせるわけにはいきませんが」

イミコは振り向き、杏子に向かって何か短く怒鳴った。杏子は頷いてチョークのようなもので周りに円を描く。そしてせいぜい直径五メートルほどしかないであろうその円の中に律の両親を引き入れた。

「そこから決して出てはなりませんよ……ほら、おいでなさった」

注連縄にかけられた全ての鈴が鳴っている。ずるずると音を立てて何かが這《は》い寄ってくる。

＊

――かけまくもかしこきもりやまじんじゃのおおまえに――

イミコが祝詞《のりと》を唱え始める。その間にも鈴は絶えず鳴り続け、耳が壊れそうなほどだ。何かを引きずるような音は建物の四方から聞こえる。得体のしれない恐ろしいものがぐるぐると建物の周りを這い回っている。そんな様子を否《いや》が応《おう》でも想像してしまう。

――やそかびはあれどもきょうのいくひのたるひにえらびさだめて――

両親の方に目線だけ向けると、二人で抱き合い手を合わせている。ふと、律と杏子の目が合った。杏子の潤んだ瞳からは恐怖以外の感情が読み取れない。

――とつぎのいやわざとりおこなわんとす――

ピタリと音が止む。鈴の音も、這い回る音も、イミコの呼吸音すら止まっているような気がした。

「りっちゃん」

ちょうど正面の窓から声が聞こえる。瑠樺。瑠樺だ。瑠樺の声だ。一番聞きたかった、この世で一番美しい生き物の声だ。

「りっちゃん、いれて」

瑠樺。瑠樺だったんだ。律は歓喜の涙を流す。這い回っていたのは得体のしれないバケモノではない。瑠樺が来た。律を救うために。律の心臓は今にも破裂しそうなくらいどくどくと脈打っている。瑠樺の名前を呼びたい。瑠樺、鍵を開けて、早く瑠樺に——何度叫ぼうとしても律の喉から声が出ることはない。どんなに身を捩《よじ》っても、芋虫のように体をくねらせることしかできない。

「まだいけません」

律の腹に足を乗せて、イミコは言った。

「殺されたいのですか？　まあそうなのでしょうが、今死んでもらうわけにはいかないのですよ」

イミコは鈴のたくさんついた道具を取り出した。注連縄についていた鈴よりも清涼な音が耳を擽《くすぐ》る。床を踏み鳴らしながらそれを上下左右に振る様子は荘厳で美しい。神に捧げるその舞は、瑠樺のことで脳が支配されている律の目を僅《わず》かだが奪うほどだった。

舞の間も、イミコは祝詞を続けている。頭が割れそうに痛い。

——うみかわやまぬのくさぐさのものをささげまつりて——

突如、窓が揺れた。誰かが——瑠樺が、窓を叩いている。リズムでもとっているかのように三連続、徐々に激しさを増していく。

同時に甘い声が耳を蕩《とろ》かす。

「りっちゃん、いたいのがすきなの？」

あの日、瑠樺に初めて触れた日。

「りっちゃん、いたくするのがすきなの？」

瑠樺の肌に、粘膜に、血に触れた日。

「りっちゃん、たたいていいよ？」

瑠樺はあの日からずっと、律のために。

瑠樺。瑠樺。瑠樺。瑠樺。瑠樺。瑠樺。瑠樺。瑠樺。

いつでも触っていい。

いつでも殺していい。

いつでも

「入っていいよ」


見えない力に突き動かされるように、律の口が告げる。

律は許可したのだ。

六角の壁の一面がボロリと崩れ、白くて大きい、美しい光が射し込んでくる。『あれは呼ばれねば入れね』、祖父の言葉を思い出す。そうだ。瑠樺はいたのだ。あのとき外にいたのはやはり瑠樺だった。瑠樺は許可を待っていたのだ。なんて健気《けなげ》な。律は喜びで満たされる。そんなことがなくても瑠樺は入っていい。いつでも入っていい。

ダメ、と鋭く叫んだのは杏子だ。しかし、律にその声は届かない。

律の意識は暖かい光の中にいる。口腔《こうくう》から鼻腔から、全ての穴からそれがどろりと浸《し》み込んでくるのが心地いい。季節など関係なく庭に咲き誇る花々の甘い芳《かんば》しい柔らかさが、脳に根を張ってより美しくなるのだ。目でも耳でも鼻でも胃でも腸でも陰茎でもなんだって、そんなものはどうでもいい、全て必要のないがらくただ。全部あげるよ瑠樺。声は残しておいてほしかったかもしれない。全部あげる。いつでも入っていいよ。律は許可を与えた。瑠樺の顔が見えた。ああそうか、と律は理解する。もう彼の顔を見ることはできなくなるのかもしれない。でもこれから起こる何か素晴らしいことを考えれば——瑠樺の鱗《うろこ》は光を反射し、ひしめき合って宝石のようだ。綺麗だな、と伝えると声も出していないのに鱗を動かして微笑む。暗く深い水のような瞳が潤んでいる。瑠樺が手を伸ばし、律の眼球に直接その可憐な粘膜が触れ、鼓動が速くなる。早くしてほしい。早く溶けたい早く。は、や、く——

「あなた一体自分が何をしたか分かっているの」

ぼんやりと天井を見つめている自分を、もう一人の自分が客観的に見つめている、そのように思えた。そしてやっと乖離《かいり》が収まったとき、律の喉から、潰された蛙《かえる》のような音がする。不快感で溺れそうだった。涙腺が弾《はじ》けて塩辛いものが溢れる。律は緩慢な動作で痛む首を動かした。歪んだ視界の端で大きなものがのたうっている。そして床に滴る赤黒い血液――鉄臭い。女は鉄臭い、と律は思った。女が倒れている。女の腹からこれは流れている。臭い。女は臭い。だから。

突然呼吸器が詰まり、激しく咳《せ》き込んだ。律の体内から信じられないほど汚らしいヘドロが出ていく。ヘドロを吐く苦しみよりも、それと同時についさっきまで体の芯まで満ちていた幸福が溶け出していくのがひたすら悲しかった。

それが全て抜け出すと、すぐに耳が戻った。よく聞こえる。女の、母親の嗚咽《おえつ》。父親の慟哭《どうこく》。そして――

「あんず」

笑っていた。杏子は腹を破られてなお、幸せそうに律を見ている。

おねえちゃんごめんなさい、りっちゃんだいすき、うわ言のようにくりかえしてから、杏子は首をガクリと落とした。

ようやっと律は理解した。壊れかけてうまく働かない律の脳でも、理解することができたのだ。杏子は律の身代わりとなって、捧げてしまったのだということを。

杏子の腹を食い破ったものは床を跳ねまわっている。嬉しそうに鱗まみれの体を輝かせて。悪寒が背筋を駆け抜ける。もう吐けるものなど残っていない胃から、酸っぱいものがせり上がる。律は祈った。一度も祈ったことがない、イエスや、ブッダや、他の何かに、どうか、杏子を元に戻してくださいと。しかし、何も起こらない。胃液だけが、床に吐き出されていく。目の前の鱗まみれのなにかに吐きかけてやれば時間が戻るだろうか。杏子はまた笑って律に微笑みかけてくれるだろうか。

律は杏子に何もしていない。彼女を使いつぶして、田舎者だと見下して、足にじゃれついてくる野良犬くらいにしか思っていなかった。

杏子の甘ったるい鼻にかかるような声が律の蝸牛《かぎゅう》にこびりついて、これでもう一生取れない。今すぐ解剖されて、腎臓でも肝臓でも心臓でもなんでもいいから取り出され、ブラック・ジャックのような天才外科医が杏子のふかしたてのパンのように柔らかい腹を元通りにする、律の稚拙な妄想は、あり得ないことだと律自身が分かっている。律が泣くことはない。泣けるはずもない。杏子はもう動くことさえも許されないのだから。

イミコは舌打ちをして律の方を一瞥《いちべつ》すると、両親に近寄り、

「大変申し訳ありません、失敗しました。本当にどうしようもなく不出来な妹……許して

いただけるとは思っておりませんが、事態は急を要します。私はこれをなんとかしますので、あなたがたは夜が明けてからすぐこの村を出てください」

イミコはのたうつ何かを床から引きはがし、白い布でくるんだ。そして律と目が合うと、口を奇妙な形に歪めた。しかしそれは一瞬のことで、整った仮面のような顔は徐々に自然な笑顔に変わっていく。

『林檎と杏子、どっちもフルーツ、ちょっと可愛いでしょ』

何故笑っているのか、笑えるのか、律には分からなかった。

「ああ、急に出ろと言っても不可能ですね。村を出るのは息子さんだけで大丈夫です。まだぼんやりしているようですから連れていってあげてください」

おずおずと母が立ち上がり、律を抱え込むように腕を回した。少し遅れて父が来て、律は両脇をかかえられて部屋を後にすることになった。

一度だけ、律は首を回してイミコを見た。口の端を吊り上げて、白い布を愛《いと》おしそうに撫でていた。

✻

「では確認になりますが、この三点は絶対に守ってください。この村にはあと十年は絶対に近付かないこと。お祖父様《じい》がどうなってもです。律君だけは絶対に駄目です。見たこと聞いたこと全て、外の人間に口外しないこと。そして最後に、妹が死んだことは忘れなさい。あなたがどう後悔したところであの子は戻ってこないし、あの子だって覚悟していたことでしょうよ」

中山林檎は鈴を転がすような声で相馬律とその母親に言った。相馬律の目は虚ろだが、しっかりと耳は働いているようで、力なく頷く。

夜明けを迎えた森山郡の空気は澄み切っている。空はうす白んで、なんだか眩《まぶ》しい。手配したハイヤーの運転手に適当な挨拶をして、荷物を積み込んでいく。どうやら相馬律は一時的に、彼の母親の実家に身を寄せることになったようだ。

母親に促されて相馬律は頭を下げ、絞り出すようにありがとうございます、と低い声で言った。そしてのろのろとハイヤーに乗り込むと、ドアが閉まる。

「お母さま、大丈夫ですよ。何も心配はありません。少し待っていただくことになるだけですから」

不安そうに見上げてくる母親の視線を内心鬱陶しく思いながら、わざと芝居がかった口調で林檎は答える。手を握ってやると幾分か安心したようで、頭を下げて感謝の言葉を述べた。車が出発してからも母親はこちらを何度も振り返り、林檎もまた、車が完全に見えなくなるまで笑顔で見送った。

◆

「今年はやっちまったなあ」

後ろで今回七十を迎える山田《やまだ》乙楠《おとぐす》が言った。村民たちも神妙な顔で頷く。

「イミコさま、一体どうするつもりなんでしょうねえ」

ああ、どうしようもない馬鹿どものくせに、余計なことを考えなくていいのですよ。

本音は言わない。馬鹿に馬鹿だという自覚を持たせてはいけない。笑顔を崩さずに林檎は答える。

「皆さん、何も問題はないのです。順調です」

「順調ったって、行ってしまったじゃないですか」

乙楠がかさついた口唇から唾《つば》を飛ばして言った。

最初はイ、イ、イミコさまに意見するのはどうか、などと言っていた者たちまでも、彼に同調してぽつりぽつりと声を上げる。

そうだよなあ、どうするんだよ、戻ってくるのか、またやってくるのか、そんなことを、誰が言ったか分からないように、下を向いてぼそぼそと。

「十年、たった十年ですよ」

「たった？」

乙楠はどろりと濁った目で、

「そりゃあ、そうですよねえ。たった、だ。イミコさまにとっても、ほとんどのお前たちにとっても、たった、だよなあ。でも俺は十年後、生きているかも分からねえんだぞ」

ああ、本当に、どうしようもない馬鹿だ、と林檎は思う。自分で何を言っているかも分からないのだから、確かに十年も経ったら死んでいるかもしれない。

「長く感じますか？　しかし、乙楠さんは今、食用花を育てているのでは？　随分、お勉強されたのですね。景気が良いと聞いておりますよ」

乙楠は林檎の意図を測りかねて、「それがどうしたってんだ」とぶつくさ言った。

「それであればご存じのはず。時間をかけてゆっくり丁寧に育てた畑に、どれほど極上の味の花が咲くのか」

乙楠は引き下がったものの、まだ納得がいかないというように口をもごもごと動かしている。まったく馬鹿という生き物は救えない。林檎は乙楠のしわだらけの目尻を見ながら、やはりこんな馬鹿になり下がっては終わりだ、と強く思う。

それにしても、馬鹿と言えば杏子もだ。馬鹿だ馬鹿だと思っていたが、それでも、村民どもよりは幾分かマシだと思っていた杏子が、ここまで底抜けの馬鹿だとは思いもしなかった。ほんの数か月の付き合いの少年のために命を投げ出すとは、信じがたい。体の関係はあったようだが、それは巫女のルーティンワークのようなものだったはずなのに。何の情が生まれたというのか。私の方がまだ、彼に思い入れがあってもいいくらいだ。

でも、杏子の馬鹿の方向性は、かつての自分によく似ていた。それが分かっていたから、僅かな時間を一緒に過ごしただけの間柄ではあったが、杏子の顔を思い出すと林檎の胸はほんの少し痛む。

林檎は自らの頰を打った。そんな下らない、阿呆のような感情を追い出すために。こんな感傷は不要なものだ。

馬鹿が馬鹿なことをして、死んだ。そして、馬鹿のせいで、少し遅れた。

それだけのことだ。それをどうにかすることが、イミコの役割だ。

イレギュラーなことは、新たな発見を生むかもしれない。「何事も観察から始まるのだ」という、父の言葉が蘇《よみがえ》る。林檎は少し笑った。こんなときに父親のことを思い出すなんて、自分にも馬鹿が感染したのかもしれない。

林檎が顔を上げると、馬鹿の村民たちが、イミコさまの次の言葉を口を開けて待っている。林檎は微笑んで、

「さあ、皆さんまたいつものように過ごしましょう。あと十年、十年経てば、限りない幸福が皆さんを待っているのですから！」

2

✳

愛

電車の窓に映る自分の姿を見て、美しいな、と相馬律は思った。

それは自惚《うぬぼ》れでもなんでもなく単なる事実だった。

ひしめき合う乗客の頭越しに彼を見付けた女子高生は、その瞬間から片時も目を離せないでいた。後ろに立つやや大柄な中年男性は律のうなじに二つ並んだ黒子《ほくろ》を何度も数え、彼の頭頂部から漂う甘い香りを少しでも吸い込もうと鼻孔をひくつかせた。その横の大学生——二人は仲の良い姉弟であったが、この美青年と同じ時間に電車に乗るために一年前からわざわざ通学電車を二本も早めていた。

こういった例は枚挙に遑《いとま》がなく、彼の存在に気付いた乗客は誰もが律の体に少しでも密着しようとか、残り香だけでも嗅ごうとかする。しかし当の本人は、乗客の熱狂に気付いていながらも何の反応を返すわけでもなかった。

律は田舎から、母の実家のある埼玉県に移り住んだ。たちまち彼は何かと溶け合い、すっかり混じってしまったかのように変わっていた。彼が東京にいたころの知り合いは勿論、ほんの数日前田舎にいたときの知り合いでさえ、己が知る「相馬律」と目の前の美しい男が同一人物とは思わないだろう。

確かに彼は元から多少は垢抜けた見てくれをしており、手入れをすればそれなりになったかもしれないが、今の律の姿はそういった変化では説明がつかない。爛々《らんらん》と輝くような美貌と虚ろな陰鬱《いんうつ》さが彼の体に同時に宿り、それが彼の魅力となって強烈に他人を惹き付けていた。

律は埼玉県の高校を卒業し、自宅から通える東京の大学を卒業した。そして卒業後も実家に住んだ。母親や何かと世話を焼いてくれた祖母には、東京で物流の会社の営業職に就いていると伝えていたが、現在の彼は男娼を生業《なりわい》にしていた。律の意思ではない。彼が好むと好まざるとに拘《かかわ》らず、彼の美貌は人の心を掻《か》き乱し、集団の中に存在することを許さなかった。

とはいえ律が男娼となったのはあくまで成り行きだった。それは律が高校に編入して間もない頃だった。律は何をするでもなく放課後の教室にいた。友人と呼べる人間はおらず、部活動もやっていなかったが、単に家族と接する時間を減らしたかったのだ。授業が終わった後、窓の外を見てぼんやりと時間を潰すのが日課になっていた。

日が沈みかけ、律は空の群青色と太陽の橙《だいだい》色の境目をじっと眺めていた。スピーカーから途切れ途切れにグノーのアヴェ・マリアが流れ出す。

『下校の時間です。まだ校内にいる生徒は速やかに下校してください』

時計は十七時五〇分を指している。それでも律は立ち上がろうとせず、慌ただしく帰り支度をし始める運動部の生徒たちの立てる音を聞いていた。十八時を過ぎると生活指導の夏原《なつはら》が見回りを開始し、残った生徒を厳しく叱責して下校を促す。律はここに来てからずっと叱責の対象になっている。

そういえば昨日、『次ダラダラ残っていたら反省文を書かせる』と言われたことを思い出す。しかしそれはかえって好都合だった。付き合わされる教師には申し訳ないが、書いている時間分、帰宅が先延ばしになる。

そんなことを考えて時計を見ると、十八時を十五分も過ぎている。いつもならとうに怒鳴り込まれる時間だ。廊下やグラウンドなど、律のいる教室以外はすっかり電灯が消された。寒々とした薄暗がりが、晴れることのない律の心をさらに憂鬱にする。さらに十五分経って階段から明かりが消えたのを見て、律はそろそろ帰るかと腰を上げた。

「相馬」

教室の入り口に夏原が仁王立ちしていた。

「すみません、今帰りますから」

「いや、いいんだ」

筋骨隆々とした夏原の声はいつも怒気を帯びていて、喧嘩《けんか》腰の話し方でないのを見たことがない。下校時間を無視している律のような生徒に対してはなおさらだったのだが、今の夏原は分厚い唇を弓のような形にして微笑み、声も幾分か落ち着いている。軽く会釈して教室から出ようとすると、がっしりと肩を摑まれた。

「先生なあ、ずっと考えてたんだよ」

笑顔を作ろうと無理に開いた口に金歯が光っている。

「どうして何度叱っても、部活や委員会があるわけでもない相馬が教室に残っているのかって。心理学の本も読んでみたんだ」

「そうなんですか」

こういったことは言われ慣れている。家庭に居場所がないとか、心に問題を抱えているとか、寂しい思いをしているから救いの手を求めているとか、そんなふうに勝手に分析されたことはたくさんあった。全て当たっているし当たっていない。確かに心はがらんどうであったし何をするにも退屈で家にも帰りたくなかったが、土足で心を踏み荒らしてくる相手の助けは求めていない。困ったことにカウンセラーや教師などの職業の人間には、一定数こうして親身になることで自分が気持ち良くなる人間がいるのだ。律にとってはマスターベーションを見せつけられるような不快感しかないが。

とはいえ夏原は、言葉が厳しく、一部の生徒に煙たがられているものの、基本的には良い教師であると思う。行き過ぎたからかいを繰り返している生徒に厳しく注意していたのも見たことがあるし、高校三年生の進路相談に真摯《しんし》に対応しているのも見た。だから恐らくこれもマスターベーションなどではなく、本気で律を心配している故の発言なのだろう。そう思って律は相槌を打った。

しかし、次に夏原の口から出てきたのは思いもよらぬ言葉だった。

「相馬、お前先生のことが好きだろう」

驚いて顔を上げると、夏原の口角はさらに上がり、不自然にぴくぴくと動いている。塡《は》まっている細い指輪が不釣り合いなほど太い薬指が、律の肩にずぶりとめり込んだ。

「痛い」

そう言っても、夏原に声は届かない。濁った瞳をまっすぐに律に向けている。

「先生がこうやって教室に来るまで毎日待っていてくれたんだもんな。相馬はシャイなところがあるから、皆が見ているところでは声をかけづらかったんだよな、ずっと気付いてやれなくて悪かったな。もう大丈夫だ」

夏原は律を抱きすくめ、そのまま机の上に押し倒した。机の角が腰を圧迫して骨が軋《きし》む。思わず顔を顰《しか》めると、夏原は荒い呼吸をしていた。律は犯されている間中ずっと夏原の呼吸数を数えることになった。

肛門を使うのは初めてだったが特に痛みを感じることはなかった。その代わり陰茎を挿入されるというのはこれほどまでに屈辱的な気分なのだな、としみじみ思った。

渋谷に住んでいたころの幼馴染真一《しんいち》とも、田舎の高校で出会った中山杏子とも、そしてあの素晴らしく美しい生き物とも、常に律は挿入する側だった。後悔が波のように押し寄せる。埃《ほこり》っぽい部屋でただ机の軋《きし》む音を聞きながら、律は涙していた。

粘ついた舌を白い歯の間に割り込ませ雄牛のように呻《うめ》きながら、夏原は律の中で三回果てた。薄暗がりに律の白い裸体が映えて発光している。天鵞絨《ビロード》の布でもかければ、随分前に美術館で観た女神の絵画そっくりになるだろう。あまりの美しさに目が眩《くら》む。もう一度その腰に手をかけようとして、しかし滴《したた》り落ちる自らの精液を見て冷静になった夏原は、タオルで律の体を拭いてやり、服をある程度元通りに着せた。そして気まずそうに財布からくしゃくしゃの一万円札を数枚出して、悪かった、このことは誰にも言わないでくれと言いながら足早に去っていった。

残された律は暗くなった教室で自分の行く末を悟った。軋む体を起こして帰路につく。飲み屋の並ぶ繁華街を歩き、その日のうちに行きずりの若い男に八万円で春を売った。

私娼、散娼に分類される律の仕事のシステムは非常に簡単だった。複数の出会いを目的としたアプリに登録し、スケジュールの空いているところにマッチングさせる。それだけでよかった。会えば誰でも、どうにかして律を手に入れようと財布を空にするのだから。

男女分け隔てなく客を取ろうと思っていた律であったが、女を相手にすることはほとんどなかった。勿論男の方が金払いが良いという理由もあったが——女のよくしなる髪を梳《す》けば背筋を這い回るような美貌の生き物の幻影が頭をちらつき、柔らかく生温かい肌に触れるとイエス・キリストの如《ごと》き自己犠牲で以《もつ》て彼を救った少女の赤黒い臓物がフラッシュバックしたからだ。

彼を最も苦しめたのは女の口臭だった。独特の鉄のような臭いがするのだ。それは母親からも祖母からも漂い、彼は家族で食卓を囲むことを避けた。インターネットで調べたところプレボテラインターメディアという細菌が女の口臭と密接に関わっているらしい。しかし律の不快感がそのプレボテラインターメディアのせいであるかどうかは分からない。幸い女性は、律が露骨に眉根《まゆね》を寄せていても嫌がる様子がかえって蠱惑的《こわくてき》だと感じたし、全く使い物にならなかったときも彼の時間を独占できることに歓喜した。

彼が女を相手にしたくない理由はもう一つあった。夏原に犯され、体内に異物を受け入れる屈辱を知ったあの日から、彼はそれを贖罪《しょくざい》だと思っていた。女と交われば、いくら不快になったところで多少の性的快感を得てしまう。それでは駄目だった。

彼の根本は同性愛者であったが、男性らしい特徴、つまり筋肉質・太め・髭という要素を持つ雄々しい男性（夏原は全て満たしている）には全く興味がなく、線の細い女性的な部分のある美少年が好きだった。それゆえか、彼は自らの脳を騙《だま》し、美少年の代用品として、女を抱くこともできた。

皮肉にも律は、まさに自らの好みを反映したような美しい姿になってしまった。律は毎日、飽きることなく自分の姿を眺める。それもまた、彼の贖罪であった。

律の固定客が、むくつけき筋肉男や脂ぎった中年男性、あるいは枯れ枝のような老人ばかりなのも自責の念からだ。性交に快楽があってはいけない。苦しみばかりでないといけない。

本音を言えば、治療法のない性感染症にでも罹《かか》って苦しんで死んでしまいたかった。しかし早死しても、死んだ彼女への贖罪にはならない。律の自暴自棄な生き様は、ひたすら無駄で何の得にもならなかったが、うすうすそれを自覚しながらも男に組み敷かれている間は少しだけ救われるような気がした。

＊

――新宿ゥー、新宿です――

鼻声のアナウンスが電車の到着を告げる。律が顔を上げたのを見た乗客は、不快な満員電車にも拘《かかわ》らずもう少し乗っていたいと思った。

律が今回新宿に来たのは、珍しく仕事のためではない。数少ない知人と言ってもいい存在、八合三成《やごうみつなり》と会うためだった。八合には、新宿で客を取ったあと立ち飲み屋で酒を飲んでいたところ、声をかけられた。新宿にある百貨店に勤めているという。幡ヶ谷《はたがや》の彼のアパートに誘われ、いつものように事に及ぼうとシャツのボタンを外したところで止められた。

「綺麗なお兄さんと話してみたかっただけでそういうつもりじゃないんだよ」

いつもなら服を脱ぐ間も無く押し倒される律にとって、非常に新鮮な反応だった。田舎であったことについては話さなかったものの、律は自暴自棄な生き様を包み隠さず話した。八合はそれに対して否定も肯定もせず、時間があるときは一緒にご飯を食べたりしようと提案した。多分、こんな生活を続けていたら、体にいくら気を遣っていても精神をおかしくしてしまう、そう八合は言った。

八合は馬鈴薯《じゃがいも》に目鼻を付けたような素朴な顔をしていて律の好みではなかったが、彼の態度に好感を持った律はそれを受け入れ、二年近くこの関係は続いている。

春先のアスファルトに、名も無い花が咲いている。花は嫌いだった。もう十年も経っているのに記憶はあまりにも鮮明で、思い出すたびに体の芯が冷える。

建物だけをまっすぐ見て東口の横断歩道を渡り、八合の待つ飲食店に急ぐ。律とすれ違う誰もが振り返り、うっとりとその後ろ姿を見送るのだった。

「そんなに気になるなら戻ってみたらいい」

八合はこともなげにそう言った。

「意外と、なんでもないかもよ」

「……俺はじいちゃんが死んだときすら帰らなかった」

「でも、気になるんだろ？　帰ってみたらいいじゃん」

屈託のない——やや無神経ですらある彼の反応を見て、やはり話すには早かったのだろうか、と律は少し後悔した。

その日は妙に酒が進んだ。穴場だという居酒屋の魚料理が絶品だったこともあるかもしれない。

それでつい話してしまったのだ。あの村であったことをかいつまんで。いや、ほとんど全て。

八合は口を挟むことなく最後まで聞いて、短く「大変だったんだな」と言った。


こんなオカルトじみた話、絶対に信じてもらえないと思っていた。それに、律が起こしたわけでないにせよ、間違いなく律が原因で、人が死んでいる。八合は律のどうしようもない生き方を知っているが、だからと言ってほとんど人殺しと言ってもいいような過去までもが簡単に受け入れてもらえるとは思わなかった。八合は否定も非難もしなかったのだ。

八合はただ黙っている。律が続きを話すのを待っているようだった。それならと、あの村がどうなっているのか気になる、と漏らしたところ、八合から返ってきたのは先程の答えだったわけだ。

律は声を落として笑った。この店に入った瞬間から律は例のごとく注目を浴びていた。個室だが、ずっと人の気配がする。まさか聞かれてはいないと思うが、それでも。

「戻って何ができるわけでもないし。それに俺が起こしたことは皆知ってるはずだ。どのツラ下げて」

「俺がついてけばいいんじゃないか?」

「へ?」

八合は手酌で日本酒を注ぎ、うまそうに飲み干した。

「律は顔でも隠してればいいよ。今検索したら近くに温泉とかあって、観光客が来ないわけじゃなさそうだし。観光客を装ってフラーッと行って墓参りとかテキトーにして帰ってくればいいよ。見付かっても、俺がどうしても行きたいって言ったんだって言えばいいじゃん」

「そうかな」

「そうだよ」

八合が笑うと、ただでさえ小さな瞳が消えて、絵文字の笑顔マークのようになる。律はそれを見るのがとても好きだった。

「その死んじゃった女の子のお姉さんは十年って言ったんだろ。じゃあもう過ぎてるし、約束を破ったことにもならないでしょ」

「死んじゃったっていうか、俺が殺したんだって」

「それは絶対に違うよ」

八合は律の目をまっすぐに見つめて言った。

「自分を罰するためにワザワザ好みじゃない男にばかり体を売っている自縄自縛《じじようじばく》のりっちゃんの考え方なんて分かるんだよね。ぞんざいに扱ってたのに、ぞんざいに扱ったその子が自分のために体を張ったのが信じられないんでしょ。でもさ、よく考えてみてよ。そんなのその子が勝手にやったことじゃん。それにルカだっけ。そいつ、バケモノなんでしょ。バケモノの不思議なチカラで洗脳されてたんだから、そいつ命、になっちゃっても仕方ないよね。そもそも突然親の都合で転校させられて、娯楽もなくて、突然わけ分かんない理由で孤立させられたらますます依存するよね、相手がバケモノでもさ。律の話を聞く限り、律にはなんの非もないと思うけど」

パタパタと音がした。どうやら雨が降り出したようだった。

「そんなに自分を責めてさ、ボロボロになってさ。悲劇のヒロインごっこかよって思うよ。

厳しいこと言うようだけど。わざと先に進むのをやめてるように見える」

またパタパタと音がする。テーブルが濡《ぬ》れている。

「泣かせたいわけじゃないんだよ。ごめんね。でもさ、いつまでもそんな生き方できるわけないから」

律の喉からくぐもった嗚咽が漏れた。それは次第に雨音よりも大きくなる。

店員が飛んできて、おそらく私物のタオルを手渡し、大丈夫ですかと律の肩を撫で摩《さす》った。八合のことを親の仇《かたき》を見るような目で睨みつけている。八合は大きくため息をついた。

律は美しいのだ。彼が好むと好まざるとに拘らず、多分、世界で一番美しい。

＊

早朝の東京駅に人だかりができている。その中心は当然、彼だ。

相馬律はどこにいても間違いなく美しい。こうしてどこかで待ち合わせをすると実感する。そこがどんな場所でも、彼だけうっすらと発光している。

今、彼はスマートフォンを弄《いじ》っているだけだ。さらに言えば寝起きのくすんだ顔色をしていて、髪も一切セットした様子はなく、量産品のスウェットを着用している。にも拘らず、美しくてこの世のものとは思えない。

よく創作などでは、冴《さ》えない容姿の人間が、男女問わず美形と連れ立って歩いていると「なんであんなやつが」「引き立て役だ」などと罵倒される、というのがお約束だが、現実は違う。

律と行動をすると、八合は完全な「無」になる。居酒屋のときのように、八合が律に対して泣かせるだとかそういった負のアクションを取らない限りは、そこにいないものとして扱われる。冷淡な態度を取られるといった次元の話ではなく、完全に存在がなくなってしまうのだ。

以前、律が深夜に呂律《ろれつ》の回らない声で「あの肉を食べて優しい世界に行こう」と意味不明な電話をかけてきたとき、迎えに行ってみると職安通りの近くでアスファルトに倒れて微笑んでいた。やはり不自然に人だかりができていた。

人混みをかき分けて近寄るのも困難だったわけだが、抱き起こして要領の得ない話をなんとかまとめると、客の一人に怪しい薬を飲まされたか打たれたかして、更によせばいいのにその状態でアルコールも摂取したということだった。それでもきっちり性交はしたようで、律のポケットには無造作に札束が突っ込まれていて、少しだけ感心してしまった。おそらく客と別れてから歩けなくなってしまったのだろう。

律の連絡先に登録されているのは八合の番号だけだ。実際これまでにもこういうことは何回かあった。

いつも律はそのあと過剰なまでに謝り倒し、客から巻き上げた金で様々なものを八合に買い与えた。最初は断っていたが、断ると律は過剰に萎縮した。三か月音信不通になったこともあるのだが、そのとき、どうしてそんなことをしたのかと尋ねると、「八合に嫌われちゃったかと思って」と言った。災厄のように美しい容姿には自覚的で、そのためほとんどの人間は無条件で律を愛することにも自覚的であるというのに、律は常に八合の反応に怯えている。そう分かってからは、全て受け取ることにした。おかげで八合のワンルームはいつまで経っても片付かない。

とにかくその、八合が薬物と酒でおかしくなった律を運んでいる最中、律は突如泣きだした。時折その口から漏れるのは、生きていて申し訳ないとか、謝罪の言葉だった。

八合が宥《なだ》めすかしても一向に律は泣き止まず、最初はすすり泣きだったのが徐々に号泣に変わった。

律が大声をあげて泣きだしてから五分と経たず人が集まり始め、あっという間に取り囲まれてしまった。全員一様に八合のことを睨《にら》みつけていた。雨が降っていたにも拘らず、老若男女問わず、全員が傘もささずに刺すような目で八合を見ていた。

謝罪しろ、土下座しろ、ここで死ね、そのような罵詈《ばり》雑言《ぞうごん》や、暴力が浴びせられた。ほうほうの体《てい》で逃げ帰ったが、八合は頭に三針縫う怪我を負った。

居酒屋で律が泣いたとき飛んできた店員の目が、まさにあの夜の群衆の目と同じだった。

律がすぐに取りなしていなければ、また八合は暴力を振るわれていただろう。

睨みつけられたときに背中に走った悪寒を思い出し、深く溜息をつく。そろそろ律に声をかけなければ新幹線に乗り遅れてしまうだろう。

おはよう、と声をかけると律は八合を見上げて嬉しそうに微笑んだ。周囲の空気が変わる。みんな、ぎらぎらとした瞳で律を凝視していた。

だから、マスクをしろと言ったのに。

客を取るとき以外はマスクをするなりサングラスをするなりして美貌を隠した方がいいと言ったのは一度や二度ではなかったが、律はいつも適当にはぐらかした。

八合はときどき、律は己の美によって他人を籠絡《ろうらく》するのを楽しんでいるのではないかと思う。一見するとゆるやかな自殺とも取れる律の生き方だが、矛盾が多すぎる。好みでない男に抱かれるのが贖罪だと思っているのなら、抱かせるだけ抱かせて金など取らなければいい。生活に必要なだけもらっているというのなら分かる。しかし律は、客のひとりが買い与えたというマンションに住み、また別の客が彼のためだけに作ったというペーパーカンパニーに所属し、給料を得、税金対策までしているという。要は、一切金に困ってはいないのだ。

さらに、一回の金額が尋常ではない。八合にはウリの相場は分からないが、高級風俗店の利用料金よりはるかに高いように思う。律の客は全員が全員、マンションを寄越した客やペーパーカンパニーの客のような富豪というわけではない。それなのに誰も彼もが律の時間を手に入れた代償に、財布を空にしてしまう。だから「稼いだ金」ではなく「巻き上げた金」なのだ。

それに対して、律は罪悪感を微塵《みじん》も覚えていないようだった。金自体に興味がないのだという。

曰《いわ》く、「お金を払わなくてもだいたいのものは手に入るんだ」。

一方で、やはり律は八合に対してはひたすら献身的だった。

毎度酩酊《めいてい》状態の律に呼び出されていると聞けば、八合が律に献身していると思う者がほとんどだろうが、実際は違う。

迎えに来させた詫《わ》びとして渡される物品は冷蔵庫であるとか洗濯乾燥機、食器洗浄乾燥機などの非常に高額なものばかりだったし、出会ってから一年も過ぎないうちに、律はほぼ毎日八合の家に寄るようになった。そして毎回食材を大量に買ってきては、何品も料理を作り振舞った。律がリノベーションしたキッチンと律が購入した大型冷蔵庫がここで役に立った。

律が八合に依存していることは明らかだったが、八合もまた律に対しては通常の友人とは違う感情を抱いていた。

数か月前に結婚した八合の同僚は「結婚はいいぞ」と呪文のように唱えている。どこがいいのかと問うと「家に帰ると好みの女がうまい飯と一緒に待っててくれるのが最高以外のなんなのか」と問い返された。

八合にも分かる気がした。

律は料理が上手だった。八合と外食すると、その店の味をすぐに再現してしまう。味覚が鋭敏なのかもしれない。とにかく綺麗な生き物が、うまい飯と一緒に待っている。毎日ではなかったが、ここ数か月は頻繁にそうだった。

律は腹が満ちるとすぐベッドに潜り込んで寝てしまう。その寝顔を見て何度抱いてしまいたいと思ったか分からない。街を歩くときの虚ろな雰囲気とは違い、律の寝顔はどこまでも安らかだった。手を近付けると気配で分かるのか、頬を摺《す》り寄せてふにゃふにゃと微笑む。それだけで八合の体中の血管は脈打ち、陰茎が怒張した。

律が体を拭いたタオルを嗅ぎながら、何度も自慰をした。果てたあと、世界で一番空《むな》しい気持ちになる。

律が八合に依存しているのは、八合が自らの肉体的魅力で籠絡できない唯一の人間だからだ、ということは八合本人が一番よく分かっていた。

よしんば欲望のままに律を襲ったとしても彼は抵抗することはないだろう。しかし、その時点で、築き上げた信頼関係は崩れ、八合は律の客になり下がる。

それだけは避けなければいけなかった。

連休最終日の今日は、下り線のホームはやや閑散としていた。律は売店の方にちらちらと目をやっている。

「弁当買わなくていいのか」

「んーん、大丈夫。八合も買わなくていいからね」

律は奇妙なステップでホームを歩いた。こんな奇妙な歩き方でも、律は女神のように神々しく、その歩き方こそが正しいのだと思ってしまう。

「それよりさ。こんなことに付き合ってくれてありがとう。八合がいなかったら俺は絶対に帰ろうなんて思えなかった。いや、今日のことだけじゃない。いつもいつも、本当にありがとう。八合がいなければ……いなければ、多分自殺してた。本当に感謝してる」

「やめろよ」

八合が顔を逸らすと、律は照れるなよ、と言って笑った。

一泊二日の旅行にほとんど手ぶらで来た二人は、スムースに新幹線に乗り込んだ。

「さっきたくさん水飲んじゃったから通路側に座らせて」

律はそう言って、八合に二人掛けの席の奥へ行くよう促した。

「誰か——友達と、こうやって旅行行くの初めてだから、俺のために別に行きたくないのについてきてくれてるの分かってても、なんかウキウキする」

律は八合の肩に顔を寄せて、そんな可愛いことを付け加える。八合はなるべく正面から目を合わせるのを避けて、

「修学旅行とか行っただろ」

「ああ、ずっと先生とセックスしてたよ」

続けようと思っていた下らない雑談は、そのひとことで打ち切られた。

しばらくすると何人か乗客が乗り込んできて指定席が次々と埋まっていく。

男女四人のグループがこちらに目を向け、そして視線は一点――八合の隣に集中する。

グループはもはやお互いのことさえ見えていない様子で騒々しく律に近付き、

「あの、これどうぞ」「これも」「これも食べてください」

みるみるうちに律の膝《ひざ》は食料品の袋で見えなくなる。律は遠慮するわけでも礼を言うわけでもなく、ただただ虚《うつ》ろに微笑んでいた。

『お金を払わなくても、だいたいのものは手に入るんだ』

律の言葉を反芻《はんすう》して、やはりこれは魔物なのだなと思う。

八合は誰よりも分かっている。

魔物に心を許してはいけない、愛してはいけない。

森山郡の近くには割合大きな温泉街があり、近代的な造りの複合宿泊施設もある。

駅でレンタカーを借りると三十分くらいで宿に着き、チェックインした。

「温泉気持ち良さそうだね」

「お兄さんお兄さん、目的忘れてないか」

「ごめん、でも終わったら一緒に温泉入りたいな」

律はそう言って微笑んだ。

ふたたび八合の胸は締め付けられるように痛んだ。誰か、律の美しさに惑わされない誰か――そんな人間はあり得ないので、何か別次元から来た化け物でもなんでもいいから――が律の顔に大きな傷でもつけてくれれば恐らくこの苦しみから解放されるのに、そうはならない。

この場にいる誰もが律を見ているのに、律だけは八合を見ている。頭がおかしくなりそうだった。


一応山に登るのだから、と話し合って、律は履いてきたサンダルから、レンタルの登山靴に履き替えている。首がねじ切れるほどの勢いで八合は顔を横に向け、律から視線を外した。ただ男が靴を履き替えているだけなのに、何もかも捨てて犯してしまいたいと思うくらいの白いくるぶしが見えるに違いなかったから。

土地がそうさせるのか、律の色香が東京にいたときよりずっと増したような気がする。

「そろそろ行こう」

何もしていないのに声が震えた。律とは意図的に距離を置いて歩く。自分が何をするか分からないほどに興奮したことは未だかつてなかった。

その間にも律は「久しぶりに来たけど昔よりもっと寂れている」だとか、「終わったらどこで何を食べようか」だとかそんなことを話しかけてくる。内容はほぼ頭に入ってこなかった。律の声は八合の耳には全て誘惑にしか聞こえない。一生懸命発声しているその口内の白い歯に舌を割り入れたらどうなるのか、体中をまさぐったら心地よい風鈴のような声がどんなふうに変質するのか、そんなことしか考えられなかった。

何を話しかけても八合が反応しないことに気付いた律が口を閉じるまで、八合は不快な音——例えばトラックのクラクションだとか、インクの切れたフェルトペンで紙に線を引いたときの音だとか、そういうものを思い出してなんとか耐えた。

花蘇芳《はなずおう》が咲き乱れる腹磯緑地までは本来一時間程度の道のりだったが、代わり映えのしない風景の中を無言で歩くのは苦行めいていて、倍以上にも感じられた。

「動物注意」というシカを描いた道路標識が見え、律は「アッ」と声を上げた。アレが見えるということは、もう間もなく赤紫の色彩の洪水が目に飛び込んでくるということである。全く反応しない八合に不安を感じていたが、もうすぐまたいつものようにこちらを向いて、絵文字みたいな顔で笑いかけてくれるはずだ。田舎にうんざりしていた過去の自分でも、花蘇芳は綺麗だと思ったのだ。八合にも見せてやりたい。

実のところ律は、八合が律のことを思うのと同じくらいに八合に欲情していた。八合が律の客と違うのは、肉体関係を結ばないところで、律もその一点で彼を特別視していたはずだが、次第にそのことが不満に思えてきた。律にとって随分前からセックスは贖罪兼仕事だったが、八合とならそれ以外の、つまりお互いを愛し合い、より深く知るための目的でセックスをすることができるのではないかと思っていた。何度かわざと八合の前で着替えたり、わざとだらしない格好でベッドに入ったりもした。こんなことをすれば八合以外の人間なら律が泣いて謝っても精根尽き果てるまで犯しつくす。しかし八合は「もう、律はだらしないなあ」と困ったように笑うだけだった。そのことが嬉しくもあり、同時にひどく悲しかった。最初の頃は嬉しかった思いやりが、どうやっても越えられない壁のように思えた。

もしかしたら強引にこちらが上に乗り、彼の陰茎を自分の中心に突き入れて腰でも振れば、セックス自体はできるかもしれない。しかしそんなことをすれば彼とは永遠に終わってしまう。律は八合を失いたくなかった。

田舎を出てからの十年はひたすら空虚で下らなかったが、八合の存在だけは無意味ではなかった。八合のために生きていると言っても過言ではなかった。

視界に赤紫の波が飛び込んできた。

「ほら、あれね、ハナズオウって言うんだよ。綺麗だよな、あれだけはここのいい思い出。ここ抜けると、昔の家があったとこに着くんだ」

「ああ」

八合は目も合わさない。目頭が痛んだ。この何もない景色にうんざりしているのだろうか。申し訳なさで目に涙が溜《た》まった。

赤紫の花からはなんともいえない、植物特有の臭いがする。律は花を見ると吐き気がした。感動的だと思っていた花蘇芳も、今の律にとっては単にあの世界で一番美しいバケモノを思い出させるものでしかなかった。八合が無反応なのも不快感を増幅させた。こんな場所、早く抜けてしまいたい。

永遠に続くかと思うほどの赤紫だった。しかし、やっとランドマークを見付ける。

「そこの大きい岩を右に」

「ああ、この辺だろ」

律が言い終わる前に八合が口を開いた。

八合はここへは初めて来たはずだ。

「どうして」

「この辺りでいいと言われているから」

ぞっとするほど平坦な声だった。こんな八合の声は聞いたことがない。

誰に、と聞く前に、急に体の自由を奪われた。縄で締め上げられたような感覚だが、何も見えない。声を出そうとしても舌が凍り付いたように動かない。

律はかろうじて動かせる首を目一杯ひねったが、もがくたびに圧迫感が増すだけだった。どうしても思い出してしまう。十年前のあの、忌まわしい――

「お久しぶりですね」

聞いたことのある声だ。そして、最も聞きたくない声だ。

「見てくれは随分変わりましたね。といって本質は一切変わっていないようですが」

猫のような目が特徴的な整った顔立ち、刺すように鋭い声、小さな身長に見合わない威圧感。

イミコだ。

何度も酸素が出入りして、ひどく肺が痛む。鼓動が耳に響いて、全身が心臓になったかのようだった。

「な、ん、で」

ようやく絞り出した律の声は、情けないほど震えていた。

イミコ――中山林檎は律の問いかけを完全に無視して、

「本当にあなたは変わっていませんね。クズのまんま」

林檎は律の前に立った。逆光で顔が黒く塗りつぶされる。

「この十年で何人と目合《まぐわ》いました？　私、正確な数字までは分からないのですよ……まあ、数えきれないほどたくさんでしょうし、あなた自身も覚えているわけないですよね。あなた、他人のことなんてどうでもいいんですから。あら、何か言いたげですね。可哀想だから口だけは動くようにしてあげましょうか」

林檎が十字を切るような仕草をすると、彼女の言葉通り、律の口だけは動くようになった。

「どうでもよくなんかない、それに、あれは、俺は、自棄《やけ》になって」

やっと動くようになったのに、口の中はからからに乾いていた。もつれる舌を精一杯動かして抗議する。

「やっぱりそういう認識。本当に自棄なら自殺でもなんでもすればよかったでしょう。だから変わっていないと言ったのよ。あなたは結局自分が一番大切なんです。幼馴染の男の子に関係の解消を切り出されても絶対に認めなくてストーカーまがいのことを繰り返したらその子とその仲間にボコボコにされて写真も全部ばらまかれて家族丸ごと地元にいられなくなってこちらに引っ越してきたのにいけしゃあしゃあと記憶を失ってそんなクズのくせに田舎者だと周りを馬鹿にして親御さんに一片の感謝もなかった高校生の相馬律くんから何も変わってないんですよ」

律の脳内に、あの暑い夏の日に見た悍《おぞ》ましい夢が再現される。そうだった。あの、貧相な少年は、高遠だ、律の幼馴染の、高遠真一。映画を観ながらキスをしたのも、一緒にトンネルを掘ったのも、かき氷を唾液で溶かして食べたのも、全て真一との思い出だった。林檎の言ったことは何一つ間違っていなかった。律は真一が成長して、他の男と同じように女を好きになって、もうこんな関係をやめようと言い出したのが許せなかった。愛情ではなく醜《みにく》い執着だった。律は真一の裸体を無理矢理写真に撮って強引に関係を継続させた。そんなことをしても結局は破綻するのに、それくらい必死だったとも言える。

そして案の定、破綻した。真一の知り合いだという連中に半殺しにされ、ひどく情けない写真を撮られて近所中にばらまかれた。そのときに頭を強く殴られたので記憶が断片的に抜け落ちるようになった。しかしおそらくは、防衛本能が働いた結果だった。林檎の言う通り、律は都合の悪い記憶を全て捨て去ったことになる。

い、い、い、

あのバケモノの名前を「高遠」と定義したのは律自身だったのだ。あれは「高遠真一」なんかじゃない。あれはバケモノだ。「真一」は、記憶の中にしかいない。

中にじわりと温かなものが流れ込んでくる感覚を思い出す。あれは、確かにバケモノだった。律の体を支配し、奪っていこうとした。床を這いずり回る異形《いぎょう》だった。それでも、なんて優しい生き物だったんだろう。律の記憶をそっくり書き換えて、あの暑い、幸せな部屋に、二人で、ずっと、永遠に――

激しい衝撃で律の思考は遮断された。ややあってからひどい痛みが頰を襲う。

「ほら、今だって自分のこと。妹のことなんか思い出しもしていない」

林檎に頰を張り飛ばされたのだった。声の調子だけは冷静なままだ。だからこそ、彼女の表情が見えないことが恐ろしかった。

妹。中山杏子。

杏子、という名前を思い出すだけで、前頭部が割れるように痛んだ。鼻腔に鉄が香る。赤黒い血の記憶。思い出したくなかった。思い出したくなかった。それでも。

「ちがうっ！　杏子のことはずっと、ずっと覚えている、消えるはずない、あんな、俺のためにあんな死に方をして、だから俺は」

「いいえ、あなたは彼女のことなんて自分の悲劇を引き立てたエッセンスくらいにしか思っていない。どうせ、あの子が話したことも何も覚えていない。彼が誰だか分からなかったでしょう？」

林檎はゆっくりと八合に近付いてその手を引いた。

「礼本さんの代わりに犠牲になった人の名前、覚えている？　妹はあなたに話したみたいだけど――まあ、礼本さんのこと自体忘れているでしょうから、こんな質問は時間の無駄ですね」

律は縋《すが》るように八合を見つめたが、八合はまっすぐ前を睨みつけるようにしていて一切視線が合わなかった。

「三谷さんというんです。三谷明《あきら》。その明さんの弟さんで、三谷成《しげる》というのが、あなたの愛しの八合くんの本当の名前ですよ」

林檎が横を向いたことでやっと彼女の表情が見える。笑っていた。

「八合三成。わざわざ偽名にしたけれど、そんな必要もなかったですね」

大きな目がさらに大きく開かれ、血走っている。口の端は持ち上がり、笑い声が漏れている。

「親御さんもずうっとあなたのことを気持ち悪く思っていたのよ。あなたのことを私に預けたのは——この村に来させたのは、あなたのお父様。こちらの手違いで十年、延びてしまったけれど、お母様は十年間、あなたの顔を見るのも嫌で嫌でたまらなかったそうですよ。だからこれから起こることを邪魔する人はいない。助けはこない」

これほどひどいことを言われても律の心は全く波立たなかった。家族に疎《うと》まれていることくらい分かっていたし、律自身も家族に対して良い感情を抱いていたとは言えない。律にとってショックだったのは、八合が彼女の言うことを一切否定しないことだった。客にひどく扱われたとき介抱してくれたのも、笑顔で料理を食べてくれたのも、悩んでいるときにかけてくれた優しい言葉も、寝る前に軽く頭を二回叩いたのも、全て嘘だったのか。

そう思うと体が中心から裂けそうに痛んだ。

雲一つなかった空はいつの間にか大きな雨雲で覆われ、遠くで雷が鳴っている。

「う、そ、だよね」

八合──三谷は顔を背けて一言、気持ち悪い、と言った。

雨が降り出した。気持ち悪い。その声が鉛のように重く、律の心の深くまで沈んだ。

気付くと律は大声で叫んでいた。

林檎が誰に聞かせるでもなく呟いた。

「ああいやだ、本当に、いつ見ても、うんざり」

雷鳴がとどろいた。地面が割れるかと思うほどだった。

「もういいでしょう？　生きている意味なんてないでしょう？　終わらせてあげますよ」

上生きていたくないでしょう？　全部思い出して、これ以

イミコの格好だ。彼女が鈴を鳴らす。律はさっきから叫んでいるのに声が一切出ていな

いことに気付いた。それになんだか眠い。悲しみを押しつぶすような猛烈な睡魔が襲って

くる。

その間にもしゃんしゃんしゃんしゃんしゃんしゃんと、三谷の顔もしゃんしゃんしゃん

しゃんとなって、しゃんしゃんしゃんしゃんしゃんが、遠く、向こうに、消えていく。

意識を手放そうとした瞬間、律は思い切り腕を引っ張られた。

鈴の音が止む。

「邪魔をするな」

ひどく焦ったようなイミコの声がする。律を引っ張る何かはそのまま、崖の下へ落ちていく。

×××

あなたさまにお会いしたのは雪がしんしんと降る日のことでした。

空はどんよりと曇って日の射さない、まさにわたくしどもの村を象徴するようないやな日でございました。

わたくしが母に云《い》われて炭を取りに行く途中のことでした。うすぐらい中にあなたさまは立っておられました。

昼なお暗き、という言葉がございます。この村を云い表した言葉でございます。

その、昼なお暗き村において、光射す場所がありました。

わたくしは否《いや》も応《おう》もなくふらふらと光に集まる蛾《が》のようにただそこへ歩んだのでございます。

菩薩《ぼさつ》さま。観音さま。天照《アマテラス》さま。あなたさま。

あなたさまはただ立っておられましたね。そのお姿を見て、わたくしはいやしくも、その天女もかくやというお姿を見て、未熟な、粗末なものが岩のような硬さを持ち。わたくしは幼く、自らの汚らしい欲望にひたすら鈍感で、ただ胸が締め付けられるように痛く、岩のように硬いそれを押さえてその場に蹲《うずくま》ったのでございます。

わたくしの膝をついた音を聞いて、あなたさまは気付かれました。わたくしのほうにそのかんばせを向けて、そしてふわりと微笑まれましたね。

体が震えて、どうしようもなく震えて、わたくしの股間はじとりと湿りました。それはわたくしが初めて精を吐き出した瞬間でございます。そう、わたくしはあなたさまに雄にしていただいたのです。

あなたさまはなにやらわたくしに語り掛けてくださいましたが、わたくしはほとんど覚えておりません。ただむせかえるような花のにおいが骨の髄まで染み渡るようで、わたくしはあなたさまの海のように深い双眸《そうぼう》をただ見つめていたのでございます。

あなたさまは美しいという言葉を飛び越しておいででした。しかしわたくしはこのように時を重ねてもそれ以上の言葉を知らず、美しいと云うほかないのです。あなたさまは美しい。美しかった。

しかしすぐに若い衆たちが来て、あなたさまは細い腕を摑まれ、わたくしは頭を殴られて、ずるずると引き摺《ず》られていきました。

なんだこの餓鬼《がき》、気をやってやがる、と嘲笑《あざわら》う声が聞こえました。まああれを見たら無理もなかろうと、そんなことを云っているのです。

わたくしはもう雄になったのだと、餓鬼ではないと、よほど云い返してやろうと思いましたが、若い衆はみな、さきほどのわたくしのようにあさましく醜いものをそそり立たせているのでおそろしくて何も云うことができませんでした。

若い衆のひとり、杉三《すぎぞう》といいましたか、その者が、いっとう乱暴にあなたさまの腕を握ると、あなたさまの口から蜜のような涎《よだれ》とああ、という吐息が聞こえます。あなたさまのお召し物から真っ白い、つきたての餅のような白い乳房がこぼれます。村一番の醜《しこ》男《お》、為一《ためいち》の仕業です。おお、と溜息が漏れます。やめろ、いますぐそのお方から手を放せ、そう思いながらもわたくしは、股間が心臓のように脈打つので目を背けることができません。

谷彦《たにひこ》、三郎太《さぶろうた》、千代楠《ちよくす》・乙楠の兄弟、治郎兵衛《じろべえ》、菊衛《きくえ》、右馬允《うまのじょう》、一郎彦《いちろうひこ》、全員覚えて

おります。彼らは大声で、村中に響くのではないかと思うような大声で、野卑な言葉であなたさまを罵《ののし》りながら、順番にあなたさまを吸いました。吸っていたのです。

谷彦が、彼は村でも女子供にやさしいと評判でしたからそこにいたのが意外ではありましたが、わたくしの方を見て、どうだ、こいつにも少し分けてやったら、と云いました。ほかの者はなにやら非難めいた口調で谷彦にやいのやいのと云っていましたが、名主の甥《おい》を父親に持つ谷彦の云うことには逆らえず、わたくしはひょい、と持ち上げられました。足をばたばたと動かすと、暴れるな、良い思いができるのだから、と云われ、口を開けるようにと鼻をつままれました。息を吸えなくなって口の開いたところに、為一が口を合わせてきました。為一は思い切り吐息を吹き込んできます。どぶ川のような臭いがして嘔吐《えず》き、ふたたび足をばたつかせようとして気付いたのです。もう苦しくも痛くもなく、さきほどまで感じていた若い衆への憤りや、あなたさまへの恋慕《れんぼ》に似た感情、為一の耐えがたい口臭、すべてがどうでもよく、ただただ母に真綿でくるまれたようにあたたかい、甘いような思いが巡りました。

朦朧《もうろう》とした意識の中で、若い衆があなたさまをことごとく凌辱《りょうじょく》しながら吸い尽くすのを見てわたくしは微笑んでおりました。非難めいた気持ちなどとうに失《う》せ、あれほど美味しいならば無理もないなどと思ってひたすら幸せでございました。

気付いたときには若い衆もあなたさまもおらず、谷彦だけがわたくしを見下ろして、今日見たことは他の誰にも云ってはならぬとやさしく云うのです。唐突に涙が溢れました。あなたさまを助けることのできなかった後悔が大水のように押し寄せました。その大水が去ったあと、わたくしは谷彦に手を引かれ、母の許へ帰ったのです。

谷彦はわたくしが川に流されたところを若い衆が助けたのだと説明したので、母には着物をだめにしたことも、炭を忘れたことも咎《とが》められることはございませんでした。

そしてわたくしはあなたさまのことを誰にも云いませんでした。谷彦の云いつけを守ったわけではございません。わたくしは気付いたのです。

あなたさまは美しいのではなく、美味しいのです。

×××

鳥の鳴き声がする。

都会にいる鳥ではない。妙に低い声で、何度も繰り返されて、耳障りな——

意識した瞬間、律は激しく咳き込んだ。全身がひび割れるように痛む。

「まだ寝ていたらいい」

涙目のまま見上げると、そこにはぎょろりとした大きな目が特徴的な少年の顔があった。

坊主頭で、着古したような白いシャツと、裾が絞られたズボンを着用している。

律はどうやら、その少年の膝に頭を乗せてずっと眠っていたらしかった。

「い、た……い……」

律が声を絞り出すと、少年は蔑《さげす》んだように鼻を鳴らした。

「声が出るくらい回復したならこれは必要ないな」

そう言って律の頭を押しのける。地面に頭を放り出されるような形になり、律の痛みはより一層強くなった。

しかし、肉体の痛みよりも、律にとって衝撃だったのは、目の前の少年が律をぞんざいに扱ったことだった。ここまで雑に扱われたのはもう随分前――そう、十年、十年以上前のことだ。

「驚いたか？　オレがオマエに優しくなくて」

目の前の少年は、律の心の中を見透かしたように嘲笑した。

「オマエに優しくする必要なんかオレにはないから」

必要、という言葉を聞いて、律の頭に八合の顔が思い浮かんだ。

必要。そうだ、八合は必要があったから。律を誘い出し、恐らく、イミコに殺させるため。そのために律に優しくしていたのだ。

八合は他の男とは違うとずっと思っていたのに。実際、違ったのかもしれない。八合は他の男のような即物的な欲望に支配されていなかったのだから――

「また自分のことしか考えていない。オマエのそれは元からだな」

少年は芯から冷えるような声で言った。

律は言い返すこともできなかった。ただ、涙がどうしようもなく溢れて、視界が歪む。

再び雨が降ってきた。

「泣くのもやめろ。いちいちこうなるからめんどくさいんだよ」

「え?」

こうなるとは、どういうことだろう。泣かれるとこちらまで気分が沈む、というような意味だろうか。

「ああオマエ、気付いてなかったのか。まあそれは無理もない。ずうっと逃げていたんだものな」

少年の言葉は一言一言が棘《とげ》を含んでいる。

「オマエが泣くと雨が降る。バケモノだから。オマエを、あそこからここまで、引きずり回したけれど」

少年は、腕をすっと伸ばして、うっすらと見える山肌から地面まで、上下に撫でつけるように指を動かした。

「こんなもの、なんともないだろう。フツウの人間なら死ぬような傷だけれど、すぐに治る。それでもやや、治りが遅いのは、このあたりにヨモギが生えているからだ」

鼻腔に流れ込む、青々しくて不愉快な香り。そうだ、これはヨモギだ。律は随分前から、ヨモギだけでなく、ハーブの類全般の香りに不快感を覚えるようになっていた。自分では、森山郡での忌々《いまいま》しい記憶と森林の香りが結びついてしまっているからだと思い込んでいたが。

「昔話とかで、聞いたことがあるだろう。ヨモギは魔除《まよ》けの植物だ。オマエには、魔除けが効くんだよ」

少年は喉を鳴らして笑った。

嘘とは思えなかった。律には、思い当たる部分が多すぎた。

目を瞑《つむ》ると、今でも、魔物の体液が律の口内に入ってきて、そのまま内臓を犯し、骨の髄まで溶け合うような快感を思い出すことができる。恐らく、比喩ではなく、あのとき律とアレは溶け合ってしまったのだ。

そう考えると全てに合点がいった。

「オマエはもうバケモノなんだよ」

少年は律の腕を掴み、乱暴に起こす。

「全然驚いてないのな。まあ、オマエは分かっていたものな。今まで散々、いい思いもしただろう」

律は曖昧に頷いた。少年の言葉は全て正しく、反論の余地がなかった。

この十年、律が一刻も早く死にたいと思っていたことは嘘ではない。贖罪のため、容貌の醜い男たちに体を投げ出していたことも。しかし、それとは別に、律は体の奥底から涌き出てくる欲望を無視することができなかった。

人間は面白い。

律の一挙手一投足に動揺し、何か意味があるのだと、自分にだけ向けられたものなのだと思い込んで、右往左往する人々の姿が面白かった。

律を見ると誰もが、律にとっての何か大事なものになりたがる。

律をことさらひどく扱う人間など、一番滑稽だった。

わざわざ他人と違う行動を取って律に特別だと思われたいか、あるいは自分自身の欲に必死に抗《あらが》っているか、どちらかでしかない。

律は「人間」は自らとは別の存在であると、はっきり分かっていたように思う。

ああ、と律の口から何の意味もない声が漏れた。

もう人間ではないのだから、全て無意味かもしれない。

杏子に対する申し訳なさも、母と暮らしていた頃の気まずさも、八合に裏切られた悲しみも——いや、裏切られてなどいない。八合は当然のことをしたまでだ。律はバケモノだ。バケモノは人間からすれば排除の対象でしかない。

「死にたかった」

律はゆっくりと顔を上げ、少年を見て続けた。

「生きていたくなんてなかった。ずっとずっと死にたかった。俺はバケモノなんだろう？」

「そうだ」

少年は眉一つ動かさずにそう答えた。

「だったら、あのときに死ぬべきだった。十年前に。こうやって今まで、ずるずる生きてきてしまったのは間違いだったんだよ。だから、イミコ《あの人》に殺されるべきだった」

律は少年に腕を伸ばす。不思議なことに全く抵抗されず、簡単に手首を掴むことができた。

「なんで殺してくれなかった？」

少年の手を胸に引き寄せる。ちょうど心臓の位置だ。

遠くで雷の音がする。

「お前、俺のこと、嫌いなんだろ？　死んでほしいだろ？　お前には、俺を殺せるんだろ？　じゃあ早く殺してくれよ。誰も殺してくれなかったんだよ。頼むよ。死にたいんだ。なんで助けたんだよ。助けろなんて頼んでないよ。あのとき死にたかった。責任取って殺せよ。殺せ。殺せ。なあ」

胸に激しい衝撃を受けて、律は倒れこむ。濡れた土の臭いが不快で、目が霞《かす》んだ。胸の上に少年の踵《かかと》が乗っている。少年はそのままぐりぐりと踏みにじり、意地の悪い笑みを浮かべた。

「オマエ、どこまで自分のことしか考えてねえんだ。いっそ面白いよ」

少年は足をどけて、

「なんでオマエに何かしてやらなくちゃいけない？」

吐き捨てるように言ってから、今度は律の腕を摑んで、強く引っ張った。その力で律は体を起こされるような形になる。

ううう、と呻いてみるが、既に体の痛みはほとんどなかった。直前まで踏みにじられていた胸さえ、鈍く疼《うず》くだけだ。ひょっとすると、いや、ひょっとしなくても、先程まで感じていた全身の痛みも錯覚かもしれない。痛覚の存在意義は、命の危険を回避するためだ。なにがあってもたちまち治癒してしまうバケモノに必要なものではない。

「早く立て。オレにごちゃごちゃ言う元気があるなら大丈夫だろ。オレがオマエを助けたのは、オマエのためじゃない。オレのためだ」

少年はついてこい、と言って顎をしゃくった。

律はぼんやりと頷く。目の前の少年を責めたい気持ちは確かにある。少年が遮《さえぎ》りさえしなければ、殺せ、といつまでも迫っていたことだろう。

しかし、その気持ちとはまた別に、この少年に協力したい、という気持ちが芽生えている。何故か親しみというか、ずっと前から知っていたような気がするのだ。律は八合のことを特別に思っていたが、彼に対する感情ともまた違う。

少年は坊主頭で小汚い服装をしているが、よく見ると比較的整った顔をしている。でもまだほんの子供だ。小学校の低学年くらいに見える。幼すぎて、性愛の対象にもならない。

「来いって言ってんだから来いよ」

強い口調で言われ、律は考えるのをやめた。

どうでもいいことだ。少年に対する好意的な感情もまた、人間的でない、バケモノの何かだ。

少年は律に背を向けて、ぐいぐいと進んでいってしまう。

雨が急に止んだ。少年が言っていることに間違いはない。雨が降って、より一層濃くなった森の独特の臭気に耐えながら、少年の後をついていく。

少年はよほど山道に慣れているのか、整備されていないけもの道をするすると進んでいく。律ももう、バケモノなので、何の問題もなくついていける。

ただただついていくだけだったから、どれくらい時間が経ったかも分からない。

ふと、地面が草ではなく、ごつごつとした岩になっていることに気が付く。足裏に岩の感触を感じながら、

「こんなとこ、あったんだ」

そう呟くと、少年はふ、と馬鹿にしたように息を漏らした。

「この辺に住む人間なら誰でも知っている場所だが、知らないのも無理はない。オマエ、ずっと田舎を馬鹿にして、一回も遠出なんてしなかったからな」

「そんなふうに言わなくたって……」

「別に責めちゃいない。オマエに見せたいものがあるだけだから」

少年は大きな岩の上にするすると登り、律にも上がってくるよう手招きをした。律が少年の手を借りてなんとかよじ登ると、視界一面に光り輝く青が広がった。

「すごい」

こんなに美しい青を、律は見たことがなかった。客と一緒に行った沖縄の海よりも美しい。

魚とか藻《も》とか、そういった命の気配は全くしないから、これは海ではなく、窪地《くぼち》に湧き水が溜まってできた、天然の池かもしれない。

「ここが、腹磯だよ」

腹磯。その言葉を聞くと脳が揺れる。瑠樺。瑠樺。瑠樺。

瑠樺は、ここから来たというのか。美しいものは、美しい場所から来るのか。

律はしばし、口をだらしなく開けて、深い青に見入ってしまった。

「入れ」

律の様子を気にすることもなく、少年は冷たい声で言う。

「入れっていうのはあの中に……？」

少年は律の問いには答えない。彼は岩場を進み、水場の目前で静止した。

「あれが見えるか？」

少年の指の先を見る。

どこまでも深く澄んだ水場にしか見えないが、目を凝らすと、日が射していないのか、暗くなっている場所があった。

「洞窟だ」

言われてみれば、確かにその部分は岩に覆われている。

「あの洞窟が見せたいもの？」

「違う、もっとよく見ろ」

少年は乱暴に律の頭を摑み、前に押し出した。痛い、と抗議しようとして、あることに気付く。何か、動いている。

水の揺れではない。

生命の気配のしないこの場所で、何かが意思を持って動いている。

そうとしか思えない。血の気が引いて、体の末端が冷える。

律自身バケモノなのだから、恐ろしいと思うことは、おかしいのかもしれない。でも、この下にいる何かは、ひどく悍《おぞ》ましいもののように感じる。

ぷくり、と気泡が浮かんだ。

一つ弾けると、また次の気泡が水面に浮かぶ。

何度も、何度もそれを繰り返す。

何かが呼吸をしているのだ。

水面の下に何があるのだろう。知りたくない。悪いものだ。こんな場所で生きている、そのこと自体が異常なものだ。

耐えられなくなって、律は頭を振って少年の手から逃れた。

「こんなの、もう見たくないっ」

「へえ、オマエでもそう思うのか」

少年は再び律の頭を掴んだ。先程より力がこもっていて振りほどけない。

「何があるか分かるか？　よく見ろ」

目に涙が溜まって視界が歪む。しかし、泣いたら天気が崩れるとどやされる。

吐き気と涙を堪えて、もう一度、何かがいる洞窟を注視する。

「白い、卵……？」

最初は水に太陽が反射して白く見えているだけかと思った。しかし、細い楕円形の白いものが、ぶつぶつと岩肌にへばりついている。一度そう見えると、そのようにしか見えない。

「そうだ、卵だ」

鶏卵だったら、スーパーなどでよく見るものだし、不気味だとは思わないだろう。しかし、あれは違う。うすら青くて、透き通っていて、中に何か赤黒いものが透けている。

「気持ち悪い」

律の言葉を少年は一笑に付した。

「何が気持ち悪いんだ、オマエの卵なのに」

少年が何を言っているのか分からない。

聞き返してみても、聞き間違いなどではなく、少年はオマエの卵だ、と繰り返す。

「俺の卵……って」

「ああ。水のものは卵生だ。卵から生まれる」

「ごめん、正直、本当に分からない」

少年ははあ、と溜息を吐いて、

「まあ、話してやろう」

そう言って、岩場に胡坐《あぐら》をかいた。

ここは何回も繰り返している。何回も、何回もだ。

始まりは分からない。でも、おかしいということだけは分かるだろう。健全じゃない。

オマエが瑠樺と呼んでいたあれは、本当にルカと呼ばれているよ。

ただ、高遠瑠樺じゃない。オレが知ってるのは安田《やすだ》ルカ、山野《やまの》ルカ、丸川《まるかわ》ルカ——まあ、皆同じだ。皆ルカなんだよ。

分からないか？　あれはそういうものだ。望んだらそうなるものだ。高遠という名前はオマエが決めた。ルカはそういう生き物だよ。

オマエもルカではあるが例外だ。オマエはオマエ。相馬律だ。不思議なもんだな。

あれはな、水から来たバケモノだよ。だから、卵から生まれる。水の生き物は卵生だろう。バケモノも同じだ。

ルカには力がある。

オマエと同じ力だ。

普通の人間は抗えない。ルカは人間を強烈に惹きつける。惹きつけられた人間から、奪っていくよ。順番に。目、耳、鼻、舌、肺、胃、腸、陽物。この話は巫女から聞いたか？

当然巫女にも役割がある。後で話すよ。

これだけ聞くとルカはどうしようもないバケモノで、見つけ次第殺した方が良いと思うだろうが、生かしておく利点があるんだよ。

ルカを食うんだ。

文字通りの意味だ。口に入れて、咀嚼して、飲み下す。

そうすると、若返るんだよ。

当世の言葉で言う『あんちえいじんぐ』なんかとはわけが違う。本当に若くなるんだよ。繰り返してるって言っただろう。本当に繰り返してるんだよ。ここの人間は何度も何度も人生を繰り返してる。

オマエはルカに夢中で気付きもしなかったんだろうが——田舎っていうのは、仕事がなくて、若い奴らは外に出て行って帰ってこない。だから高齢化が進んで、徐々に滅びていく。それが普通だろう。でも、森山はこんな辺鄙《へんぴ》な土地で、仕事も娯楽もないのに、老人がほとんどいない。

そうだ。ここの奴らがずっとここにいるのは、不老の旨味《うまみ》を捨てられないからだ。

勿論例外もいる。

当たり前だろう？　そんな薄気味悪い所から出て行きたいって連中だっている。

そういう奴らの存在は好都合でもある。人の口には戸は立てられぬ、って言うだろう。薄気味悪い土地の実態をよその人間に言いふらすのさ。与太話だと思って忘れる人間がほとんどだが、興味を持ってやってくる人間も当然いる。なにせ、不老なんていうのは、秦《しん》の始皇帝が死ぬまで追い求めたくらいの人類の夢だからな。

もう一種類、不老を求める連中のほかに、ここに来る人間がいる。それはな、殺したいくらい憎い人間がいる奴らだよ。

なんでかって、話は最後まで聞けよ。

ルカを食う話だ。

思っただろう。食って若返るなら、見つけ次第殺せばいいと。勿論、試した奴がいただろう。ルカがいたら殺して食う。でもな、それじゃダメなんだよな。

ルカの肉は――ルカという食べ物は、男を食って完成するんだよ。

男を知らないルカの肉は、食ってもどうにもならんどころか、毒でしかない。

そういうわけで、ルカの肉を食うためには、必ず男が必要なんだな。ルカの餌が。

男は連れてくるだけでいい。何も知らない、若くて警戒心が低くて、おまけに頭の悪い奴がいいな。何も疑わないで、綺麗な生き物の虜になる。喜んで全部差し出す。そういう男が。

顔色が悪いな。そうだよ、相馬律。オマエもまさに、そういう男だった。

東京で随分やらかしたんだってな。オマエ、自分が男好きだから酷《ひど》い目に遭ったと思ってるか？　違うよ。性格が最低だから、こんなことになったんだよ。

とにかく森山は、こうやって何度も繰り返してきた。

問題なのは、毎回効果がまちまちなことだな。ルカの肉を食べても、若返りの度合いには毎回差がある。たくさん食べればいいとか、量の問題じゃない。せいぜい十年くらいしか若返らないこともあれば、一気にガキに戻ることもある。餌の質の問題なんじゃないかと思うが、まあ正確なことは分からないな。

若返った奴らの行動はそれぞれだよ。ガキになっても生活できるからだろうな、村から出ない奴が多いが、外に出て、女と子供を作って、戻ってくる奴もいる。子供にも伝えたり伝えなかったり、だな。さっきも言ったがその辺は自由なんだよ。

ただ、ルカを見つけて、殺すことができるのはイミコだけだ。

そうだ、イミコの役割だ、ルカの管理は。

森山神社に生まれた女は、皆受け継いでいる、ということになっているな。ルカを育てる方法と、ルカを殺して肉にする方法を。肉の管理もまた、イミコの仕事だ。

十年ごとにルカを食べる機会がやってくる。イミコに申請して、良しと判断されれば、誰でも食べる権利を持っている。さっき言った、よそから来る興味本位の奴らも。すでにガキになっちまった奴とか、何らかの事情で今若返ったらまずい奴は、そもそも申請はしない。あとは、ほとんどいないが、もう若返らなくてもいいって奴。

これはそういうことになっているってだけで、どうしてそうなっているかは分からないんだ。こういう伝承があって、だからこうなっていて、森山神社の神がどうこう、なんていう話はない。ただ、そういうことになっていて、皆、イミコの言う通りにしている。そして、繰り返す。狂ってるだろ。

オマエが森山に初めて来たときは、ちょうどそのときだった。ルカを食べるときだ。オマエの父親は、ここの出身だろう。言っておくが、オマエの父親は繰り返してないぞ。肉のことも知らないし、ルカのことも、恐ろしいバケモノでしかないと思っているはずだ。でも、詳しくは知らなかったとしても、選ばれた人間が餌になる——生贄になるってことは理解していたはずだ。扱いづらい、邪魔でしかないオマエのことを、これ幸いと処分しようとしたんだろうな。ひどい話だとは思うが、オマエも最低なんだから、そんな顔をする権利はない。泣くな。雨が降る。

森山神社の二番目の女が邪魔さえしなければ、オマエはルカに食われ、ルカはここの人間に食われ、それで終わりのはずだった。でも、そうはならなかったな相馬律。オマエは一生、彼女に感謝して生きなきゃいけない。

オマエがいまどういう状態か、だいたい分かるだろうが、オマエはルカでもある。ルカはオマエと混ざってしまった。

今の状態を見るに、ルカが死なないと新しいルカが生まれないのかもしれない。十年経っても新しいルカは現れていないみたいだ。

そうなるとこれから先に考えられることは。オマエはルカと同じように、肉にされるだろうな。

幸い、オマエは男を知ったルカだ。生贄が必要ない。

オマエは死にたがっていたな。でも、死ななかった。イミコの言う通り、実際にオマエは自分のことが一番可愛いから死を選ばなかった、そういう側面も勿論あるんだろうが、オマエの意志だけじゃない。気の毒だな。ルカはバケモノだ。自責の念から自殺、なんて複雑な感情は持ち合わせちゃいない。それに多分だが、死のうとしたとして――自殺だと、飛び込みか、飛び降りか、首吊りか？ いずれにせよ、オマエは死ねなかっただろうな。ルカはそんなもので死ぬわけがないから。

でもな、イミコはオマエを殺せるぞ。今まで、何度もやってきたんだからな。

言っておくがオレは、イミコからオマエを守るためにここに連れてきたわけじゃねえぞ。結果的にそうなってるとは思うが。

利害の一致だよ。

オレは、森山を壊したい。腹磯のシステムなんか消えればいいと思っている。

なんでかって、不気味だからだよ。さっきも言っただろう。理由も分からないのに誰もこの異常さについて考えねえのが気持ちが悪い。全員、死んだ方がいい。

オマエも、考えるのは嫌いな性質か？ だったら、分かりやすく言ってやろう。

イミコはオマエを殺す、住人はオマエを食べる。でも、オレはオマエを殺さないし、食べない。

オレがやってほしいのは、ルカの根絶だ。

イミコは、恐ろしい。イミコというのは本来、女性の神職の一種だが、あの神社は実は何も祀《まつ》っていない。何もいない場所で、何を考えてルカを管理しているのか、さも神職のように振舞っているのか……オレにだって正解は分からない。とにかく確かなのは、奴が明確な目的を持っていて、ルカに執着しているということだ。

オレはオマエに死んでほしいわけではないから、今すぐ逃げろ、姿を隠せと言いたいところだが、なかなか難しいだろうな。

今逃げられたら、オレの目的は果たせなくなる。

オレの目的は、オマエ以外のバケモノを全部殺し、二度と生まれてくることのないようにすることだ。

あそこに見える、卵。あれを全部潰せ。残らず。

ああ、オレは見たくない。見たくない。見ているだけで、おかしくなりそうだ。今この距離から見ているだけでも、死にたくなる。あんな尊いものを壊そうと思っている自分が許せない。そんな奴は死ぬべきだ。そんな気持ちが湧いてくる。どう考えても健全じゃない。あれを尊いと思うなんて。

オマエが「気持ち悪い」と言ったので、オレは安心したんだよ。オマエは死にたくならないんだよな？　あれが尊いものとは感じないんだよな？

オマエならあれを壊せる。全部だ。

大丈夫だ。イミコにさえ見つからなければ。

そもそも普通の人間はオレと同じで、ここに近付くとおかしくなる。オレは訓練したから、ここまで近付けるようになっただけだ。だから、住人がオマエをここまで止めにやって来ることもない。

壊したら、その後は、逃げろ。

人間を騙して、吸い上げて、どんな手を使っても逃げろ。

逃げて、もう帰ってくるな。こんな場所に未練なんかないだろ。終わるだけだ。

好きなように生きろ。

＊

少年は話し終えて、大きく溜息を吐いた。目には涙が滲んでいる。

律はもう一度目を凝らして、『卵』と呼ばれたものを見た。

薄く透き通った卵から透けて見える赤黒い何かは、全てルカだということか。ついさっき会ったばかりの少年の話にもかかわらず、既に律はそれが本当のことだと信じている。

まず少年は、律のことをよく知っていた。森山の事情も、納得のいくことばかりだ。それに、小学生くらいにしか見えないのに、喋りは流暢《りゅうちょう》で、大人から聞いたことを話しているとは思えない。彼もまた、ルカの肉を食って若返った住人の誰かなのだろう。

何より、少年はあの女から律を救った。それだけで、少年の言う通りにする理由になる。赤黒いものが蠕動《ぜんどう》している。

高遠瑠樺のことを思い出す。美しく、素晴らしく、命を奪う生き物。本当にそれだけだったのだろうか。瑠樺は『上の名前は嫌い』と言っていた。あれは、誰かの――あの場合は、高遠の――代替品として愛されるのではなく、瑠樺は、ルカとして愛されたかったということなのではないだろうか。

殺したくない。ルカには生きていてほしい。そう思うが、ルカが生きてはいけない、これ以上生まれてはいけないというのは、ルカになってしまった今、身を以《もっ》て分かる。こんなもの、生きているだけで迷惑だ。人を惑わせ、不幸にしかしない。

「やっぱり、気持ち悪いと思う」

卵ではなく、自分に向けて言った言葉だった。しかし、少年の口元には笑みが浮かぶ。

「そうか。何よりだ。早速で悪いが、行ってくれ」

律は頷いた。断る理由がない。未練などない。

八合のことを思い出すと悲しくなって、泣きわめいて彼の名前を呼びたいと思う。でも、そんなことをしても彼が律のもとに帰ってくることはない。元から八合はルカを殺すために律に近付いてきたのだし――そもそも、名前だって違った。律は八合のことを愛しているが、八合にとって律は、殺すべき敵で、バケモノだ。

「深いかな。服を脱ぐ必要はあるかな」

「どうでもいい。足はつくはずだ。オレはこれ以上近付けないから、早くしてくれ」

少年は目を覆って、おざなりに手を振った。

おそるおそる足を入れてみると、水の温度が予想以上に冷たくて少し声が出る。ズボンが水を吸い上げて、あっという間に大腿部《だいたい》まで水浸しになる。張り付く布を不快に思いながら歩を進めると、足に柔らかい感触があった。その部分を足先でつついてみると、弾力があり、吸い付いてくる。見ると、小さくはあるが、やはり不気味に透き通っていて、中で何かが蠢《うごめ》いている。

おそらくこれも、卵だろう。

直視すると不気味で、自分に潰せるとは思えない。

振り返ると、少年は口元を押さえながらも、律をじっと見ている。

「分かったよ」

意を決して律は足を高く上げ、勢いのまま振り下ろす。踵《かかと》にみちりと詰まったような感触があり、それで――

律の中で何かが弾けた。

実際には何も起こっていないのかもしれないが、踵から這い上がってきた痛みで全身が刺し貫かれるような思いだった。よろけて、別のところに足をつく。その瞬間、また激痛が律を襲った。

「どうしたっ」

少年の声が聞こえた。しかし、体が言うことを聞かない。大丈夫だと言って手を振ることなどとてもできない。なんとか踏ん張ろうとしても足がもつれ、ただ柔らかいものを踏み、激痛で体が震える。

このまま水に沈んで溺死するのだ、と律は悟った。結局、何もできなかった。迷惑しかかけていない。あの少年にも申し訳ない。しかしこんな浅瀬で死ぬのは、惨めで、馬鹿らしくて、律にはお似合いの末路かもしれない。それに、死んで新しいルカが生まれるとしたら、ルカにとっては幸せだろうか。

後頭部が着水する。

空が青い。

口から、鼻から、空気が漏れる。水が透明だと思う。空の色は変わらない。ただ、反射で歪んでいく。

くぐもった音がして、視界が細かい泡で一杯になった。何かが落ちてきたのだ。

つかまれ、と聞こえた気がする。少年の声ではない。もっと、大人びた声だ。

律はこのまま死にたいと思っていたが、イミコからも、少年からも言われた『自分のことしか考えていない』という言葉を思い出す。

なんとか片方の腕だけでそれに摑まると、そのままずるずると引き寄せられた。すぐに顔が水から出る。

岩に腰が当たった、と感じた瞬間、律の体は何者かの腕に引き上げられた。

大きくて、分厚い。何度も何度も、律を抱き上げてくれた腕だ。

「や、やご……」

言葉にならなかった。なんと呼べばいいのか分からなかった。

「八合だよ、りっちゃん」

手を伸ばすと、さくさくと気持ちの良いものが手に触れる。短く刈り上げた八合の髪だ。

彼に迎えにきてもらったとき、彼の背中の上でこれに触るのが好きだった。

「八合」

「ごめんね」

背中に腕を回しても、八合は拒否しなかった。八合の腕が締まる。圧迫感が心地いい。

彼にこうして抱きしめられたのは初めてのことだ。

「八合」

「なに、りっちゃん」

「どうして」

どうして助けてくれたのか、と律が続ける前に、八合の顔が強張《こわば》った。

「相馬律、いい加減にしろ。なんで学ばないんだオマエは」

少年の声だ。少年は八合の背後にいるのだろう。

八合がうっ、と声を上げる。

「な、何を……」

「オレだって、オマエを殺すくらいのことならできるぞ、三谷の倅《せがれ》。これで腹を刺して空気を入れる。オレは相馬律と違って馬鹿じゃない」

八合はしばらく目を泳がせてから、ごめんね、と言って律を地面に降ろした。そのまま手を上げて、

「ちゃんと話しますから、落ち着いてください」

「信用できない。オレはこれを下ろさない。分かったら手を上げたまま話せ。それなら聞いてやる」

少年は八合の腹に何か光るものを当てていた。少年の腕はか細く、弱々しく、八合なら簡単にこの体勢でも振り払うことができるように見える。しかし八合は少年の言うことに従い、手を上げたまま言った。

「分かりました。俺がここまで追ってきたのは律を助けるため。それともう一つ、そんなことをしても卵は壊せないから」

助けるため、とはっきり口に出されて、律の頬が緩んだ。それを見逃さず、少年は舌打ちをする。

「何が助けるため、だ。調子のいい。何を喜んでいる相馬律、オマエは本物の馬鹿だ。ついさっき、こいつにはめられたのを忘れたのか？　こいつはずっとオマエを騙していた」

「でも俺は……りっちゃんが、律が、やっぱり大事で……」

「オマエらの恋愛事情に興味なんかねえよ。いいから、その後のことを話せ。そんなことをしても壊せないってどういうことだ」

「俺も詳しくは分からない……です。ただ、ほんの少し、聞きました。その卵は、ルカと同じもの、らしいです」

八合は律の踵を握った。

「りっちゃん、痛かっただろ……多分、この卵を律が壊すということは、自殺、みたいなものだと思います」

からん、と乾いた音がして、少年が手に握っていた刃物が落ちた。よく見るとそれは刃物ではなく、薄い金属の板だ。

「じゃあ、どうしたらいいんだ」

少年は絶望的な声でそう呟いて、気の抜けたように腰を落とした。

「三谷の倅、お前はどうなんだ？　あれを、壊せるか」

「俺も無理ですね……」

そう言って八合も諦めたように少年の隣に腰掛けた。

「俺、あれを見ると、律を見ているような気分になります。律のことは殺せない」

「ちょっと前まで殺そうとしていたくせに」

少年がそう言うと、八合は乾いた笑いを漏らした。

✻

三谷成の憧れは、昔から兄の明だけだった。

成も、成の両親も、馬鈴薯に線を引いたような素朴な、悪く言えば地味な顔をしているのに、明だけは中性的で整った顔をしていた。

小さい頃は女の子によく間違えられていたその顔も、成長するにしたがって歌舞伎俳優のような、女性が放っておかないだろう、と思わせるような凛々《りり》しい顔立ちになった。

明は見た目だけではなく頭もよかったし、運動神経もよかった。平凡な自分たちからなぜこのような完璧な息子が生まれたのかと、両親は不思議がっていた。

そんなふうだから、成は明とよく比較されたが、成は劣等感や嫉妬心で歪むことはなかった。明は、成に対していつも優しかったからだ。友達との付き合いよりも成と遊ぶのを優先してくれたし、お菓子やおもちゃなどは常に譲ってくれる。意地の悪いことなど一回も言われたことがない。

どちらかというと細身で、身長も高くはなかったが、成にとって明は一生頭の上がらない存在だった。

成は七歳のとき、東京から森山に引っ越した。理由は、母が病死したからだ。スキルス胃癌で、発覚したときにはもう遅かった。成の父は東京の証券会社で家に帰る間もないくらい忙しく働いていて、明と成の面倒を見る時間はなく、といって子供だけで生活していくには二人は幼すぎた。

明が高校に上がるタイミングで、兄弟は父のもとを離れ、祖父母の家で暮らすことになった。

「明ちゃんは賢いのに、こんな田舎に来て可哀想に」

祖母はよくそう言った。

「いいんだよ。どこからだって、何にでもなれるんだから」

明は嫌な顔一つせず、毎回そう答えていた。その言葉通り、明は有名国立大学に現役合格し、東京で一人暮らしをすることになった。

「そんなに寂しそうな顔をするなよ」

「してないよ」

東京に行く前の晩、明は成に言った。

「ちょくちょく帰ってくるからさ」

あのとき、絶対に帰ってくるなと言えばよかった、と成は今でも思う。帰ってこなければあんなことが起こるはずはなかったのだ。

明は宣言通り、その年の夏に帰ってきた。

「向こうで友達と遊べばよかったんに」

祖母は悲しそうな顔でそう言う。

「いいんだよ、おばあちゃんの顔を見たかったし」

祖母はそう言われても、ありがとねえ、と口で言うだけで、あまり嬉しそうではなかった。今なら分かる。祖母は何もかもを知っていたのだ。彼女もまた、繰り返していたのだから。

その日、成は帰ってきた明と一緒に、釣りに行く計画だった。家から川沿いに下っていったところにカルバートがあり、一つだけ天井が開いているところに魚がうようよと泳いでいる。魚釣りなどどうでもよく、久しぶりに兄とゆっくり話せることが嬉しかった。

「礼本のとこには近付いたらいかんよ」

礼本というのは川沿いにある家だ。たしか、父親が酒乱で、母親を毎日殴っている。母親は母親で何もせず、ただ死体のように毎日過ごしている。娘は東京に行って、芸能プロダクションとは名ばかりの暴力団のような会社の専属女優で、いやらしいビデオに出演している。

全て田舎の人間の噂だ。

明はいつも、噂を信じて人を貶《おとし》めてはいけない、と成に言って聞かせた。

しかし、礼本家の人間がろくでもないというのはそのとおりだ、と成は内心思っている。親や兄弟のことはさておき、礼本家の長男は粗暴で、子供や徘徊《はいかい》老人などを狙ってすれ違いざまに殴ったり蹴ったりする。成も何回か、子供のくせに体格が良くて生意気だと因縁をつけられ、泣かされた。あのような人間の家族がまともなわけはない。

「どうしても前は通ることになるけど、わざわざ関わらないよ」

成がそう言うと、祖母は心配だ、と繰り返した。

明と連れ立って、近況を話しながら歩く。明は幼い頃と何も変わらず、優しい顔で成を見ていた。彼女はできたか、と問いかけると、

「いや、全然だよ」

そんなことを言って笑う。その顔でモテないわけがないのに、と言うと、明は照れたように笑った。そのときだった。

左脇の藪《やぶ》から白いものが飛び出してくる。

それは突如目の前にやってきて、それが何か判断する間もなく明の胸に倒れこんだ。

ひゅう、と音がした。明の呼吸の音だった。

「兄ちゃん……」

「うるさい」

成の伸ばした手を、明は乱暴に振り払った。成は動けなくなる。兄からそんなことをされたのは初めてだった。

明は腕の中にいる何かをぼうっと見ている。眩しい。女のようだが、うっすらと発光している。成にはそれが、白い繭《まゆ》のように見えた。

どうしたんですか、とか、大丈夫ですか、とか、明は見たこともないくらい慌てた様子で聞いている。顔は上気して、目がとろりと蕩《とろ》けていた。ふと、女が顔を上げる。

「い、た、い」

痛い、と言っていることに気付いたのはずっと後だった。女はあまりにも美しい顔をしていた。思考力を奪われるほどに——今となっては律のような顔だった、としか思えないのだが、おそらくは違う。ただただ、暴力的なまでに美しい女だった。

それでも成が冷静でいられたのは、皮肉にも、優しかった兄にひどく扱われたからだ。そのショックが抜けない状態だったから、女の違和感に気付いた。

「あし……」

女はそう言って、口を奇妙な形に曲げる。その瞬間、明は釣り道具を地面に投げ捨てると、跪《ひざまず》いて女の足に顔を近付けた。

「こんなひどいことをするなんて」

そう言って明は号泣する。たしかにひどい傷だった。真っ白な女の太腿《ふともも》の一部に、引き攣《つ》れたような痕があった。

女は自分の足元に跪く明の頭を撫でて、笑みを浮かべている。

不気味だった。不気味でしかなかった。

茂みからほぼ裸のような格好の女が出てきたこと。酷《ひど》い怪我をしているのに女がニタニタと笑っていること。女の言葉が日本語なのに、耳慣れない異界の言葉のように聞こえること。そして何より、兄の様子。

明は一心不乱に女の足に頬ずりをしていた。

どうやって明を説得したのか、成も覚えていない。

どうにか明と女を家に連れ帰ったときには日が暮れていた。

祖母は女の顔を見て、ああと声を上げてよろけた。祖父は祖母を抱きとめながら、許してください、と言った。

その様子もまた不気味で、成はほとんど忘れていた東京の風景を思い出し、強く帰りたいと願った。

次の日も、そのまた次の日もずっと、女は成の家に居座った。

奇妙なアクセントの言葉を恐ろしく思いながらも女の話に耳を傾けると、女は礼本家の長男と付き合っていたが、太腿に何か燃えるようなものを押し付けられ、火傷《やけど》し、逃げてきたのだという。

明はずっといていいいんだよ、と女に言った。その瞳には、成も、祖父母も映っていなかった。

夏休みが明け、すっかり秋になっても明は家にいた。

東京に帰らなくていいのか、と尋ねても、何も答えない。もしかして直接話したくないのかと思い、メールで聞くと、『大学は辞めた』とだけ返ってきた。

多忙な父がなんとか時間を作って訪ねてきたときにはもう遅かった。明は布団にくるまって、ぴくりとも動かないモノになってしまっていた。

父が祖父母に怒鳴り散らしているのを聞きながら、成は変わり果てた明の顔を見た。どんなに父が怒鳴ってもどうすることもできない。こうなってはもう終わりだ。

ふと、横に女が立っていた。女は明の頭の方に腰掛け、そっと布団をめくり、顔を寄せた。明と女の口が合わさっている。キス、などというものとは程遠かった。女は明の口に空気を送り込んでいる。もう明は、女がいなければ息を吸うこともできないのだ。

冬になると、家に来客があった。

猫を思わせる大きな瞳の小柄な女。女には、体格のいい若者たちが付き従っていた。その男たちが、明を運び出していく。成が、明の足を乱暴に持ち上げたその中の一人に殴りかかると、二発殴ったところで祖父が割って入ってきた。

「どうして止めるんだよ、じいちゃん」

「仕方がないんだ。お前にも分かるだろう」

そう言われると何も言い返せなかった。

森山神社の神職だというその女は、成をちらと見て、にっこりと微笑んだ。あの女とは比ぶべくもないが、整った顔立ちの女だ。

「彼、見込みがありますね」

彼女がそう言うと、祖母の顔から血の気が引いていく。

「どうして！　なんで二人も！」

口の端から唾を飛ばして喚《わめ》く祖母を、彼女は笑い飛ばした。

「やだ、コレは一人で十分ですよ。別の話です」

そう言ってから彼女は、男を引き連れて帰っていった。あの異様なまでに美しい女も、巫女の後をついていく。女は一度だけ振り返って、満面の笑みでこちらに手を振った。祖父が舌打ちしたのを覚えている。

明の葬式はひっそりと行われた。家族以外に参列者のいない、あまりにも惨めな葬式だった。

火葬場で待っている最中、色々な光景が浮かんでは消える。

手を繋いでスーパーで買い物をした。飛び掛かってくる犬から守ってくれた。小遣いで、戦隊ものの変身ベルトを買ってくれた。さしてよくもないテストの点数を大げさに褒めてくれた。遊園地にも、映画にも、どこにでも明と行った――だが、死ぬ直前の明の顔は、気持ちが悪くて見られなかった。だから思い出すのは笑顔ばかりだ。明はずっと成の憧れで、掛け替えのない存在だった。

スーツの太腿がじっとりと濡れて不快だ。そう思っても、溢れ出す涙を止めることはできなかった。成は父親と抱き合って、いつまでも泣いた。

猫のような顔の女と再会したのは、十数年後だった。

成は明の葬式の後、父親について東京に帰った。父はどうやら祖父母と絶縁したようで、成にも決して連絡を取ってはいけないと厳しく言い渡した。

順調に大学を卒業し、祖父母のことも、明のことさえも、随分昔のことのように思えた。いや、そうでも思わないと、まともに生活が送れない気がしていた。成はゼミの教授の紹介で、百貨店に就職した。

宣伝部に配属されたのだが、会社の方針として、まず研修で販売員を経験させるということになっていて、成は一階の傘売り場に立たされた。

同期の女子社員が笑顔で接客をこなす中、成には誰も近寄ってこない。柔道でもやっていそうな見た目は、明らかに売り場から浮いていた。成に寄ってくる客はいなかったし、成も自分から声をかけることができなかった。

昼休憩の時間に上司に叱責され、鬱々《うつうつ》とした気持ちで再び売り場に立つ。どうせ研修が終われば、こんなことをしないのにと、無意味に感じた。適材適所というものがある。

しかし背後で上司が目を光らせているから、意を決して前方の女性に声をかけよう、と思ったときだった。

「良い傘ですね。レースが綺麗。取っ手も木目がいい感じ」

振り返った成は、大声を上げそうになって堪《こら》えた。

「あら、覚えてるんだ」

大きな猫目。整った目鼻立ち。成の半分かと思うくらい小柄な体軀《たいく》。

忘れるはずがない。森山神社の女だ。

巫女は、ベージュのワンピースに紺色のカーディガンを羽織っていて、いかにも上品な良家の子女、といういで立ちだった。

「傘、開いてみても？」

成は言葉を発することもできず、頭だけをがくがくと動かした。

女はやや大きなサイズの傘を開いて、成の腕を引き、傘の中に引き込む。顔を寄せて、

「静かに。今日仕事が終わったら、ここへ来て。あなたも喜ぶ話だと思う」

空いた手で小さなメモを成の胸ポケットに差し込み、彼女は傘を閉じた。

「やっぱり素敵。これ、買っていきますね」

「あ、ありがとう、ございます」

上司に睨《にら》まれて、ようやっとそれだけが口から出る。

その後、気もそぞろで、接客どころではなかった。案の定、再び厳しい叱責を受けたが、
それすらもどうでもよくなっていた。

終業後、指定された飲食店に向かう。受付で名前を告げると、個室が予約されていた。

女は薄暗い部屋の中、木製の椅子に腰かけていた。

そこで成は、ことの顚末《てんまつ》を聞いた。

ルカという生き物のこと。

どうして、明があのような目に遭ったか。

「復讐《ふくしゅう》したくありませんか」

林檎、と名乗った女は目を細めて微笑む。本物の猫のようだ。

「復讐……」

成は阿呆のように鸚鵡《おうむ》返しをした。

林檎は頷いて、成に一枚の写真を手渡す。

「これが、ルカです」

写真を視界に入れるだけで眩暈《めまい》がする。恐らく盗撮であろう、何のポーズも取っていない。薄暗い所で地味な服を着ている。それにどう見ても男だ。それなのに、はっきりと分かる。これはルカだ。ルカでなければおかしい。あまりにも美しく、光っている。

「あなたのお兄様をあんな目に遭わせたものとは少し違うように見えるかもしれないですね」

「いいえ……何も、違いません。これはルカですね」

「理解が早くて助かる」

林檎は炭酸水を一口飲んだ。

「今、ルカは東京で何食わぬ顔で暮らしています。バケモノのくせに、生意気。これを撮ったのは一週間前くらい。ここから電車で十五分くらいの距離ですね。あなたに頼みたいのは、ルカを森山まで連れてくること」

「俺の、兄のときみたいに……」

「ふんじばって連れてくればいいって？　それは無理。どこで誰が見ているか分からないもの。東京《ここ》はアウェーだし、下手な動きはできない」

「それに、ルカは……話が通じない」

「怯えているの？」

頬に冷たいものが触れた。林檎が成の頬に手を当てている。

見目の良い女性に頬を撫でられているというのに、成は一切嬉しくなかった。それどころか、恐ろしい。ルカや、ルカと接していたときの兄よりも、ずっと恐ろしい何かが、目の前の女の瞳に宿っている。

「大丈夫ですよ。今回のルカは話が通じる。大学まで出ているんだから。今の名前は相馬律。間違っても、ルカ、なんて呼ばないようにね」

林檎は体を引いて、成の頬から手を離した。

「連れてくるだけでいいんです。よろしくお願いしますね」

成は頷《うなず》くしかなかった。それに、確かに復讐したいという気持ちもあった。頭の中に明の笑顔が浮かぶ。見ないようにしていた、やつれ果て、目と鼻のそぎ落とされたバケモノのようになってしまった顔も。

相馬律と接触するのは簡単だった。相馬律は、林檎の言った通り、ふらふらと徘徊し、老若男女問わず色々な人間と連れ立って歩き、ホテルに消えていく。売春をしている、というのも間違いがなさそうだった。

初めて律に声をかけたとき、律は成の瞳をじっと見た。

それだけで全身が心臓になったかのように脈打ち、頭がおかしくなりそうだった。なんとか平静を装うことができたのは、女の恐ろしい瞳の印象が脳にへばりついていたからかもしれない。

成は、律の美しさに苦しんだ。なんとか彼と肉体的な接触を持たないように必死で耐えた。そうなってしまうと、その他大勢の彼の客になり下がってしまうからだ。

一緒に過ごすようになると、成は律の美しい容姿だけではなく、存在そのものに苦しめられるようになった。いや、苦しんでいるのは彼のせいではなく、成本人の罪悪感のせいだ。

律は、普通の人間と何も変わらなかった。

兄を苦しめたルカとは明らかに違っていた。

冗談を言い、よく笑い、料理を作った。時折、甘えたように体を寄せてくることもある。律が泥酔し、成が迎えに行くと、律は心の底から嬉しそうな顔をする。背中におぶった律が成の頭を撫でる。そうすると、体の中心から温かいものが全身に流れていくような気がした。

成は、律を心の底から愛してしまっていた。

律と過ごし始めて半年が経った頃だった。

いつものように、律の作った弁当を持って成は仕事に出かけた。

交差点で信号が青に変わったのを確認して、足を一歩踏み出す。

いる。

「痛い！」

女性の声がする。足元に目を向けると、成の革靴が繊細な印象のミュールの上に乗っている。

「ごめんなさい！　だいじょ」

そこまでしか言えなかった。

脳に刻み込まれた恐ろしい瞳が、目の前にあった。

「大丈夫ですよ」

女は口元に笑みを張り付かせている。

「八合くん、随分楽しそうですね」

林檎は、子供が遊園地に出かけるときのような浮かれた足取りで成の手を引き、横断歩道を渡る。

「楽しいだけではだめですよ」

それだけ言って、彼女は雑踏に消えていく。成は一言も話すことができなかった。

思い出す。この生活がどういうものであるか。

『どんなに人間のように見えても、美人でも、可愛くても、健気でも、あなたのことを大事だと言っても、バケモノの言葉に意味なんてありません』

あのとき林檎に言われた言葉を思い出す。

相馬律はルカだ。

寝ているときの甘えるような仕草も、バラエティ番組を観て手を叩いているのも、土産を買っていくと目を輝かせて喜ぶのも、帰宅すると心底嬉しそうな顔をするのも、成の頭を撫でる手も、全て作り物だ。

中身は悍《おぞ》ましい、凄惨に明を殺したバケモノだ。そう思わなくてはいけないのは分かっている。それでも。

帰宅すると、おかえり、と律は微笑む。思わず抱きしめると、「みっちゃん、どうしたんでちゅか」などとおどけて言いながら頭を撫でてくる。

バケモノの言葉には意味がない？　そうは思えない。律をそう思うことは、もはや成にはできなかった。

この気持ちが愛だと気付いてからは、成は明の死に際《ぎわ》の姿を常に思い出すようにした。

律のことを愛しいと思ったのと同じだけ、明の悍ましい最期を思い出す。

そうすることでなんとか、林檎の言うとおりにすることができた。律はバケモノだ。バケモノは、この世にいてはいけない。明のような男をこれ以上生み出してはいけない。

「私のやりたいことは、ルカをこの世から消すことです」

律を森山に連れ帰る一週間前、最終的な打ち合わせと称して呼ばれたレンタルオフィスで、林檎は成に言った。

「消す、というのは、その……律を、殺す、ということですか」

「彼がいなくなるのは悲しいですか？」

「いえ……その……」

林檎は乾いた笑い声を上げた。

「意地悪を言ってごめんなさい。たしかに、結果的にあなたの律くんには会えなくなるかもしれません。でも、ことはそう単純ではないのですよ」

「どういうことですか」

「私、ルカと律くんを結婚させたかったのよ」

「はあ……？」

彼女は口を押さえて、くすくすと笑った。

「いいものを持っているの。今度見せてあげますね」

言われたことが妙に気になった。結婚。いいもの。何一つ分からない。

しかし、林檎の言っていることが意味不明なのはいつものことだった。彼女は成には
——いや、彼女以外の人間には分からないだろう特殊な単語を使って、説明でない説明をする。話が通じないのがバケモノだというのなら、イミコだってそちら側の存在であるような気がする。

ルカをこの世から消す。そうすれば、明のような人間が今後一切出なくなる。それだけ

は林檎の言うことの中で理解でき、また、共感できるものだった。

ことはそう単純ではないのですよ。

言いたいことは全く違うことなのだろうが、そうだ、と成は思う。

成の精神はそんなに単純な構造をしていなかった。それでも。

律への愛情を押し殺し、林檎に言われた場所まで律を連れていく。そのあとのことは考えない。律のことも思い出さない。笑顔も、愛らしさも、全て嘘だから。それで終わり。

そう思っていた。

森山に律を連れてきて、林檎が律を拘束し、これで全てが終わる、そう思った瞬間、矢のような速さで子供が乱入してきた。子供に見えただけで、実際は何だったのかも分からない。

普段は常に一枚仮面をつけているような彼女が、大声で怒鳴ったのが衝撃的だった。

「クソ」

林檎はそんな悪態までついて、地面に唾《つば》を吐きかけた。

律が何者かに連れ去られ、彼女の計画が失敗したのだと気付いたとき、成は心のどこかで安心していた。成の心には、もう律に対する復讐心などはなかった。元からなかったのかもしれない。

優しかった兄を殺したバケモノと律は違うものだ。ずっと前から分かっていたのに、明を忘れて、死んだ明の年齢を超える自分のことを思うと、成は罪悪感で一杯になった。明を忘れない、明のために復讐をする、そのために行動すれば罪悪感が薄まる、それだけのためだ。

どの面下げて律を、と成は自嘲気味に笑った。

『そんなに自分を責めてさ、ボロボロになってさ。悲劇のヒロインごっこかよって思うよ。厳しいこと言うようだけど。わざと先に進むのをやめてるように見える』

『いつまでもそんな生き方できるわけないから』

全て自分に当てはまる。

律をたまらなく可愛いと思うのは、自分と重ね合わせているからかもしれなかった。

「クソ」

恐ろしいほど低い声がして、成の思考は中断させられた。

林檎が目をぎらぎらと燃やしながら、低い声でクソ、と繰り返している。小柄な女の声帯が出しているとはとても思えない声だった。

彼女はしばらくクソ、クソ、と繰り返した後、

「いいものを見せてあげると言いましたね」

突然、成にそう言った。信じられないことに、一瞬で元の可愛らしい声に戻っていた。

顔も、元のわざとらしい笑顔に戻っている。作り物のような美しい笑顔が成にとっては恐

ろしかった。もしかして林檎は、律が殺されなかったことに自分が心底安堵していると気付いているのかもしれない——そう思うと背中から汗が噴き出るような思いだった。

安堵の気持ちを悟られまいとして頷くと、

「じゃあ、付いてきなさい」

そう言って林檎はすたすたと歩いていく。

辿《たど》り着いたのは、森山神社の本殿から少し離れたところにある建物だった。成は昔の記憶をうっすらと思い出す。この建物は神様の眠る場所である、ということになっていて、面白半分に建物の前で騒いだ同級生が体調を崩し、ひと月以上学校に来なかった、などということもあった。

そんな場所に林檎は履物も脱がずにずかずかと入り、床にどかっと腰を下ろした。

「早く。あなたも」

そう言われて成もおずおずと腰を下ろす。

「目を瞑《つむ》りなさい。私が言うのと同じことを唱えて」

成は言われたとおりにした。水の中で息をしているかのような訳の分からない言葉で、「同じこと」と言われても難しい。それでも成はできるだけ真似して、同じように唱えた。

三回唱えたとき、ひたひたと何かが近寄ってくる気配があった。

「まだ目を開けてはいけません」

言われなくても目を開くつもりなどなかった。恐ろしいものがいるのだとはっきり分かる。そもそも——そもそも、だ。

ここにあるご神体とやらも、恐ろしい。

薄暗がりでよく見えなかったが、仏像のようなものがあった。仏像のようなものだが、そうでないのは分かった。手が生えていなかったのだ。それに、顔であろう部分は、金でできた花で隙間なく覆われていて見えない。有難さとは程遠く、明らかに人間ではないのに、人型と認識してしまうのはなぜなのか。はっきりと見えない暗闇に、成は感謝した。

しかし、はっきりと見えなかったのはそのときだけだ。

目を瞑ると、何故かそれが見える。考えたくないのに、目の前にあの像がいて、ぬるりと動き出し、花がずれて、顔の部分が見えてしまう——そんなふうに。どうしてか目が離せないのだ。見てはいけないのは分かる。それでも、見てみたいのだ。どのような、顔をしているのか。これはきっと、いいものだから——

「目を開けなさい」

そう言われてもしばらく、成は目を瞑ったままでいた。後頭部を叩かれて、やっと目を開ける。

瞬間、成は大声を上げて飛び退《すさ》った。

仏像のようなものが動き出したわけではない。

律がいた。

正確に言うと、律のような、何かだ。

腹を下にして、うねうねと進んでいる。何も身に着けていない。それは律と同じ顔で、林檎に笑顔を向けている。

「律……」

そう呟くと、彼女は、ははは、と声だけで笑った。

「あなたにはこれが、律くんに見えるんですね」

「か、顔が……」

「顔が律くんに見えるの？　私には、何にも見えません」

作り笑顔、ではなかった。心底愉快であるというふうに、林檎は笑っている。

彼女が腕を伸ばすと、律に見える生き物はその腕の中に納まった。

「可哀想でしょう。このお腹、見て。誰かに食べられてしまったの」

生き物の腹は、一部だけ削り取られたかのように欠けている。

「普通はね、ルカは卵から生まれるの。腹磯に卵があることは、以前話したでしょう。あれはね、みーんなルカなの。時が来たら生まれてくる。でも、これは、初めて、私が育てた」

そこでいったん区切ると、

「これが、いいものですよ」

そう言って彼女はまた、目を半月のように歪めて生き物を撫でる。その生き物も、彼女に体を預け、すりすりと頬を擦り付けている。

寝ぼけたときの律と同じ癖だ。しかし可愛いとか、そういう言葉とはかけ離れている。

もう声を出すこともできなかった。

飛び上がって、全速力で逃げた。

こうなってはもう、林檎の正気さえ信じることはできなかった。

彼女はルカを森山に連れ戻し、また元の通り管理することが目的だったはずだ。目的を遂行しようとするあまり、暴力的で信じられないようなことをするのは、彼女が守る森山という土地が、ルカを食うことに支配された土地だからである。森山にはルカがなくてはならない。彼女は土地のまとめ役で、さらに宗教者という側面がある。そういう行動をとるのは自然なことだと思っていた。

しかし、あれは――あれを見ては、巫女もまた、何かに魅入られているようにしか思えない。自分が愚かであると突き付けられた気がした。なぜ、彼女の言うことを全てそのまま受け入れたのか。

無視すればよかった。律が愛しいと思った段階で、森山のことは忘れるべきだった。明のことなど忘れ、不幸な事故だったと片付け、優しくて美しくて愛らしい律と暮らしていれば――

律、律、律、律。成は何度も彼の名前を呼んだ。

律がルカであるはずがない。

悍ましい仏像。あれがルカならば、律はルカではない。

めちゃくちゃに走っていると、急に視界が開けた。遠目に、人が水に入っているのが見えた。ここは、腹磯だ。

「律!」

大声で呼ぶ。

律が足を高く上げ、振り下ろした瞬間よろける。

「律!」

成は彼の方に、猛然と駆け出した。

＊

八合は律の手を握って言った。

「俺は確かに、律を裏切った。あの女と一緒に、律を殺そうとしていた。でも、もうそんなことは一ミリも思っていない。早く逃げよう」

律が何も言えずに八合を見上げると、彼は泣きそうに顔を歪ませていた。

「あの女……おかしい。違う。ここが、この場所が、全部おかしい。こんな場所からは逃げるしかない」

「逃げる……って」

「どこでもいい。東京に戻るとか……俺の顔なんてもう見たくもないだろうし、信じられないだろうけど、とにかく……」

八合自身も何を言っていいか分からないようだった。

「俺は、や、八合の、顔見たくないなんて思ってない……」

律がそう言うと、大きな溜息が聞こえる。あの少年だ。

「オマエには緊張感が微塵《みじん》もないな。オレはいまどうして恋愛劇場を見せられている？　バケモノだからそんなことを言うのか？　これでは三谷の倅も話し損だ。顔を見たいだの、見たくないだの、どうでもいいことだろう」

「いや、その……」

八合は口をもごもごと動かしたが、結局言うべきことは見つからないようで、黙ってしまう。

少年はふたたび大きく溜息を吐いて、「もう帰れ」と短く言った。

「でも、あの、卵は」

「もういい。どうにもならないんだろう。仕方ない」

少年の唇は白く乾燥して、少し震えていた。

「こうなったら、オマエのできることは少しでも長く生きることだ。そうすれば——いや、分からない。オマエはルカではあるが、混ざりものだ。そもそも、ルカを食べたら長生きするが、ルカ自体が長く生きるのか……ああ、もう、面倒臭い。とにかく、あれをこの世から消せないなら」

「消せますよ」

それがいる、と認識したときには遅かった。イミコが少年の背後に立っていた。

律はもう、指の一本すら動かせない。先程拘束されたときとは比べ物にならないほど体が重い。声も出すことができない。眼球を動かすことすらも。

「なんでみんなここに来てしまうのかしら。私、すごく不思議です。私が来るに決まっているのに」

イミコは律に笑顔を見せた後で、八合を一瞥した。

「八合くんにはいいものを見せてあげたのに、がっかり」

「俺は……」

「もうどうでもいいです。ルカには逆らえないですよね。男は皆そう。ルカは気持ち悪いくらい、綺麗で、可愛いもの」

そう言ってイミコは律の頬を撫でる。ぞっとするほど冷たくて、人間の手指とは思えなかった。

イミコが律の体へと手を下ろしかけたとき、視界の端で何かが動く。少年だ。イミコの顔が一瞬歪んだが、左手を振り下ろした後で、また元通りになっている。気づけば八合と少年の姿はもといたところから消えていた。

「下らない。弱い。死にぞこない。あなただったんですね。私の大切なものを食べたのは。本当に、ここの人間は生き汚い」

イミコの背後にか細い足が二本見えた。少年の足だろう。それはそのまま、わらわらとどこからか湧いてきた男たちに引き摺られていく。

律、と呼ぶ声が遠ざかる。八合の声だ。八合も少年と一緒に連れていかれたことは理解ができた。イミコのぬるい吐息が耳に掛かる。

「ねむってて」

✻

成と少年は、あの忌まわしい水場から随分離れたところで、唐突に放り出された。

突然のことに何も言葉が出ないでいる成たちを置いて、男たちと林檎はさっさと踵《きびす》を返して去ろうとする。

「あ、あ……」

かろうじて喃語《なんご》のような言葉が成の口から漏れると、それが聞こえたのか、彼女は振り向いて嘲《あざけ》ったような笑みを浮かべた。

「なに？　何かして欲しいの？」

「いや……」

少年の方をちらりと見ても、彼は何の反応も示していない。虚ろな目でぼうっと前を向いており、先程彼女を攻撃したときとは打って変わって屍《しかばね》のようだった。

「あなた、私を怖がりすぎですよ。誰も殺したりしませんよ。あなたは頑丈そうだし、殺そうとしたらこちらもただでは済まないかもしれない。そっちは子供の姿をしているから、弱い者イジメになっちゃって、後味が悪い。私はアレに用があるだけですし。あなたたちは別に、何をしても構わないですよ。妨害したいならすれば？　何も分からないあなたたちにできるとは思えませんけど。どうせ、したところで同じこと」

はあ、喋りすぎた、と鈴を転がすような声で言って、今度こそ林檎は本当に去っていく。

「待ってくれ！　律は」

「だから、殺さないって」

林檎はもう一度だけ振り返ると、成に笑顔を見せた。

こんなときにと自分でも思うが、成はしばし、彼女の所作に見惚《みと》れた。そして思い出す。成は本来、こういう女が好きだった。小柄で、童顔で、それでいて少し、暗い眼差《まなざ》しの女が。律はまるで違う。律は、度を越して美しいが、男だ。アバラが浮き出ていて皮膚は陶器のようにつややかで硬い。面長で、背もそれなりに高いから、決して幼く見えることはない。

どうして自分が林檎より律を魅力的だと思うのか考えている間に、林檎たちの姿は消えていた。

しばらく待ってみても彼女たちが戻ってくる気配はない。成はこわごわと少年の方を窺《うかが》った。相変わらず、生気のない顔でへたり込んでいるので、声をかける。

「あの……」

「なんだよ」

成の方を見はしないが、一応、返答はする。成は意を決して、

「お名前を教えて欲しいんですけど」

少年は何も答えない。成は続ける。

「名前が分からないと、情報共有に支障を来します」

「オマエが何を知ってるっていうんだよ」

少年はとげとげしい口調で答えた後、

「イチと呼べ」

そう短く言った。

「じゃあ……イチさん」

「オレもオマエのことは成と呼ぶ。三谷の倅、だと長いものな」

イチの顔が少し綻《ほころ》んだように見えた。成もつられて笑顔になるが、はたと気付いてしまう。イチは林檎に強引に連れ去られたこと、また卵を壊せなかったことで意気消沈しているのかと思っていた。しかし、そうではない。顔色は青白く、唇が小刻みに震えている。気分の問題ではなく、本当に体調が悪いのだ。ただへたり込んでいるのではなく、本当に立てないのだろう。

「イチさん、これだけでも……どうぞ」

律と新幹線に乗ったとき、熱に浮かされたような乗客たちが律に貢《みつ》いだ菓子が、成のボディバッグに詰め込まれていた。その中からキャラメルを選び取って、返答を聞く前にイチの口に押し込んだ。

イチは眉間《みけん》にしわを寄せながら、しばらく口を動かす。

「懐かしい味だ。少し塩っ辛いが」

「塩キャラメルですからね。糖分だけじゃなくて、塩分も取れますよ」

イチの少し隆起した喉仏が上下に動いた。唇の震えが止まっている。

「ありがたい。でも、元々死にぞこないだ。長くは持たない」

成がかける言葉を探していると、イチは自嘲気味に笑った。

「それで？　何を知っているって？」

「俺、女性にはモテないんですけど」

「そのようなことは見たら分かるが……」

イチは怪訝《けげん》そうな顔で成を見つめる。

「老人には、好かれることが多くて」

「ああ……体格が良くて、芋のような顔だからだろうな。気は優しくて力持ちとか——そんなふうに思うんじゃないか。でも、それが」

イチの言葉を遮って成は、

「ちょっと話しただけで、家に上げてくれたり、蔵に入れて、資料を見せてくれる人がいました」

そう言って、スマートフォンに暗証番号を入力する。

「俺だって、ただあの女の言いなりになっていたわけじゃありません。ずっと考えていました。どうしてルカはこんなに綺麗なんだろうって」

「どうしてって、そりゃ、バケモノだから……そうやって、男を惹きつけるから」

「そういうことじゃありません。もっと根本の話です」

イチは成の差し出した画面を見て目を丸くした。

「ルカが一体なんなのか、ですよ」

×××

大西洋に於《おい》て人の如《ごと》き魚の波上に立ちたるを見たりとの事は予《かね》て聞き及びたりしが日本近海に於て是《これ》を捕へしは珍しきことなり。

明治二十四年の夏頃森山郡永久橋《ながひさばし》村の近海にて坂筒丸《さかつつまる》の引下《ひきおろし》に従事したる一人の水夫が海中に怪魚ありとて突魚器を以て突き殺し是を検するに頭部は全く女の頭の如く目、鼻、口、耳等も具備し頭髪もあり手の如きものもあり純然たる人間に異ならずが其《その》腹部の周囲は一尺八寸もあり水夫等は是必定《ひつじょう》 世に謂《い》ふ瑠花《るか》なるべし是食すれば千歳《ちとせ》の長寿を保つべしと遂《つい》に是を料理して食せしに其味甘美にして鯛鯉《たいこい》に勝る萬々《ばんばん》なりしと云へり。

（『近代実録奇譚集』より）

×××

南海道に腹磯といふ室《むろ》がある。その室は魔が住まふといひ傳《つた》へて、誰も奥まで入つたといふものはないさうだ。

で、室には森山明神といふ社《やしろ》があつて、その明神の使者は、瑠花だといひ傳へてゐる。寛永《かんえい》年中の事であつた。腹磯から程近い松根《まつね》村といふ所の漁師で、吉作《きちさく》と呼ぶ若い男が、昼日中からひどく酒に酔ひて、一人ぶら〳〵川づたひにやつて来た。吉作は松根村の隣にある、永久村の女に言ひ寄つてゐたが、袖にされ、

「あゝつまらねえ。馬鹿々々しいな、女に袖にされた事なんぞ」

とブツ〳〵と、独言を未練たらしくいひ乍《なが》ら、光のどかな道を、目的もなく、たゞうろついてゐる。

ずつと歩いてゆくと、海に行きつくところがあつて、吉作はぼこ〳〵と出てゐる巌《いわお》に腰を掛けた。波の寄せては返すたびに、吉作の足はひた〳〵と染みて、温かい日を浴びてゐるのに冷えてゆく。

「畜生、つまらねえな」

吉作は、さう云つてもう帰らうとする。不図《ふと》、目立つ大巌に目をやつたときだつた。

怪魚化生、異形のものが寝そべつてゐる。

「やや」

吉作は声をあげ乍ら、起こす事を懼《おそ》れ、そつと水に入り、近づいて見ると、大きさは五尺ばかり、頭は美女のやうだけれど、顔に鱗《うろこ》があつて、胴は太く、その下は魚の形を

してゐる。

「これだな、話に聞く瑠花といふのは」

じつと見てみると、その顔は吉作を袖にした女に似てゐるやうだつた。

「寝そべつてゐるとはい丶気なもんだな」

吉作は腹立ち紛れに瑠花に唾を吐きかけた。すると、唾が鱗にか丶つて、光を放つた。

體《からだ》の奥底から、むら〳〵と良くない懸想《けそう》が湧き出してくる。堪へて帰ればよいものを、
吉作は後のことなど考へもしなかつた。

粗暴の本性を現した吉作は、瑠花の乳房を乱暴に弄つた。瑠花は身體《からだ》をブル〳〵と慄《ふる》はせて、

「灼ける」

と叫び声を上げた。さうしてゐる間に吉作は、瑠花が甘さうだと思ふ。少し前まで愛しい女に似てゐたそれを、酒の肴《さかな》にして酒を飲まうと思つた。

吉作は、石で力に任せ殴《なぐ》打りつけた。

瑠花は大きく息を吐いたあと、死んでしまつたのである。

吉作は、早く食ふべしとその場で捌《さば》かうとしたが、如何《どう》も魚のやうにはゆかない。仕方なく、瑠花を縄で結び、肩に担ぐと、声をかけてくる者がある。永久村の女に逢ひに行くとき、偶《たま》に見る若者たちであつた。吉作は自慢してやらうと思つて、

「如何《どう》だ。初めて見るだらう」

さう云ふと、

「こちらではよく見かけるが、死んだのは今日が初めてだ」

とひとりが云ふ。

「なんだ、つまらん」

臍《へそ》を曲げた吉作に、

「どこで取つてきたんだい。どうも顔は、お美代《みよ》に似てゐる」

などと声をかける。寄り集まつた若者たちは、瑠花の髪や鱗をこねくりまはした。お美代といふのは、無論、吉作が懸想した相手であるから、吉作は慌てた。

「如何だい、この瑠花は随分甘さうぢやないか。これを肴にして、酒を飲まうと思ふんだ」

吉作がかう発議すると、暫《しばら》く彼らは顔を見合はせてゐたが、何やらにやついてゐる。

「よからう。酒は俺たちが持つから、来ると良い」

云はれるがまゝについて行つて、吉作は洞窟のやうになつてゐる処《ところ》へ案内された。

若者たちは手慣れたもので、瑠花を捌いてゆく。芋やら野菜やらと鍋でぐつ〳〵と煮て、箸《はし》で突き回した。

「これは甘露」

吉作は思はず声を上げた。肉は舌の上で蕩け、吉作は夢でも見てゐるやうな心地であつた。

「さうだらう。瑠花は甘いのだ」

好き勝手に云ひ乍ら、むしやくと食べたり飲んだりしてゐると、飛び込んできたのは血相を変へた老人である。

「お前達、とんでもねえ事をしやがつた。何の断りも無く、飲み食ひするとは、如何いふ料簡《りようけん》だ。如何いふ罰《ばつ》が下るとも知れねえぞ」

粗暴の割にその實《じつ》小心者の吉作は如何言ひ訳しやうか考へたが、若者たちはにやくと笑つて、

「手前共は未だ若く、耳が良いから、静かに云へば分かるものを。爺様たちが、独り占めしてゐるのは、手前共も知つてゐるんだぜ」

また別の者が、

「爺様、小言を云はず、まあ一欠片《ひとかけら》食つてみるがいゝ」

老人は益々《ますます》顔を真赤に染めて怒つた。

「馬鹿野郎共。お前達、明神様の前で、報いを見るぞ」

しかし、

「何時《いつ》如何食つたとて、腹の中に収めれば変はらねえ。何が違ふといふのか」

などと、却《かえ》つてやりこめやうとする者まである。

「お前達が其の氣《き》ならば、云ふには及ばねえ。何、お邪魔しましたよ」

老人はさう云ふと、さつさと帰つてしまつた。

吉作は戸惑つたが、

「お前様の體格《たいかく》に慄《おのの》いて帰つてしまつたな」

さう持ち上げられれば、悪い氣はしない。

「爺が折角《せつかく》の酒盛最中に余計な事を」

さう云つて、また酒を呷《あお》つた。

その後も格別不思議は無いので、吉作と若者たちは、おほいに盛り上がつた。

夜も更けた頃、突然、戸ががたぐ〵と鳴る。

「これは一體《いつたい》如何したつて事だい」

口々に不満を漏らしてゐると、戸口が破られて、勢ひ良く雨風が雪崩《なだ》れ込んで来る。

激しい風が吹き起り、少しも止まない。忽《たちま》ち家は水で溢れ、眩暈《めまい》のするやうな氣がして、真暗闇が訪れる。

「急に真暗になつた。やい、をかしいぞ」

吉作は四邊《あたり》を見廻すが、いよいよ以て指先も見えない。

「やあ、吉作さん、迎へに参つたよ」

さう声が聞こえたりする。

「やい、誰だ」

さう怒鳴ると吉作は手探りに櫂《かい》を取つて、声のする方を殴打した。

しかし、ふにやりとして、何とも手応へがない。

顔のハツキリとしない女がぬつと頭だけ出してゐる。

「迎へに参つたよ」

その女はさう云ふと、吉作にひしと抱きついた。

吉作はそのまま、波の底へ沈んでしまつた。

残る者は生きた氣持なくただ慄《ふる》へてゐたが、やがて残らず、引つ張り込まれる如く、沈む事となつた。


（『古今情話怪談』より）

×××

南海道には珍しい怪魚の上がる例が多い。宝治《ほうじ》元年春頃、森山の永久橋と云ふ處《ところ》へ、初めて人の如き魚の流れ寄つた事がある。其の形は、頬に一筋鱗があつて、顔は美女のやうだつたと云ふ。四足は瑠璃のやうで、鱗は金色、身體にいゝ匂ひがあつて、聲《こえ》は雲雀笛《ひばりぶえ》のやうな静かな音だつたと云ふ事だ。

浦奉行《うらぶぎよう》に、一色主計《いつしきかずえ》と云ふ人があつた。取締のため漁村を巡回して居たが、或る夕暮、永久川と云ふ川を横切ると、俄《にわか》に白波が立ち騒いだ。其処《そこ》から巨大な魚の影が出現したから、船頭達は慄いて其の場に氣絶してしまつた。豪胆の主計は驚く事無く、半弓にて一矢を放つた。怪魚は忽ち沈み、白波も静まつた。

それから四十余日、森山明神から注進があつて、前の魚を差上げた。

主計が是は何かと尋ねると、

「瑠花で御座います」

主計の矢が、瑠花と云はれた怪魚の胸にある窪《くぼみ》の、赤い部分を真二つに割つて居た。

主計の武名も揚がつたわけである。


(『現代語新右衛門全集』より)

×××

四月二日
今日は、おばあちゃんと、お花を見に行きました。
おばあちゃんの家のそばに、川があって、川の横をずっとまっすぐ行くと、はらいそという場所につきます。「はらいそにはお花畑があって、きれいだよ。」とおばあちゃんが言いました。わたしは、あんまりお花は好きじゃなかったけれど、おばあちゃんがよろこぶので、ついて行きました。

はらいそには赤むらさきのお花がたくさんさいていました。

おばあちゃんは、「きれいだよ。」と言いましたが、わたしには、人のかおみたいに見えて、気もちがわるいと思いました。

帰りに、すごくきれいな女の人とすれちがいました。

おばあちゃんは「かえろう。」と言いました。わたしが女の人に手をふろうとすると「るかに話しかけるな！」と怒られました。「どうして？」「るかってなに？」と聞いたら「るかのことはちえには関係ないよ。」と言うのでかなしくなりました。お花も、おばあちゃんも、こわくて、もうはらいそには行きたくないと思いました。

女の人は、きれいでした。


（都内小学校　三年生　宮増千絵の日記より）

×××

春の訪れを見たという学生にあったことがある。名前は仮にＳ君としよう。

彼は四国の出身で、親戚の結婚式とかで、実家に帰ったはいいが、とにかく何もすることがない。寝ているだけというのは楽しくなかったので、隣県までドライブに行ったそうだ。

まだ寒い三月に、永久橋のあたりを散策していたところ、ふと地面が色づいているのに気が付いたという。S君はしゃがみこんだ。先程まで冬枯れの景色が広がっていたはずなのに、突如足元に咲いた花々は不気味だった。しかし、とても良い匂いがしたらしい。さらに、花々の向こうに、何とも美しい白い足が見えたという。

顔を上げる直前に、「おい!」と年配の男性の怒鳴り声がした。驚いて中腰のまま振り返ると、六十代くらいの男性がずんずんと寄ってきて、「あんた、こんなところに入るんじゃない」と厳しい口調で追い立てられたらしい。

口は悪いもののその男性は中々良い人で、その後話している間に打ち解けてその人の家に行ったところ（S君は非常にフレンドリーなタイプの学生なのだ）、

「永久橋のところには『るか』が出るから、二度と歩かない方がいいよ」

と言った。わけを聞くと、

「あれは男を取って食うからね」

はぐらかす男性の話を聞いていくと、どうも『るか』というのはその土地の神のようなもので、彼女が来ると、春が来るとか。そう聞くと悪いものではなさそうだ、とS君

が言うと、「それでも一人連れて行くよ」。

『るか』は来るたび男性を一人連れて行って、そのあと、水中で子供を産むそうだ。その子供もまた、『るか』なのだとか。

最初はこのような話を大真面目にするなんて田舎者め、と思っていたそうなのだが、なにせ急に花が咲いたのは実際見たわけだし、何より男性の真に迫った様子にぞっとして、お礼を言って早々に帰ったという。

私としては、古今東西神には恵と禍が同時にあるものだから、特別に恐れることは無いと思うが。

（N文化大学広報誌　助教授今井大和のエッセイより）

×××

「すごいですよね。都会ではこういうことはありえない。大学で、民俗学の教授が『民間の蔵は宝の山だ』と言っていた意味が分かりましたよ」

成はイチが画像の最後に目を通したのを見届けてから声をかける。

「確かにすごいな。聞いた話ばかりをたくさん読まされて、一体」

イチの言葉を最後まで待たず、成は言う。

「あなたたちは知らないことがあります」

「はあ？　だから、こんな話、全部聞いたことがあるって」

「でも、記録には残っていないでしょう。そこですよ」

イチは訳が分からない、といったような表情をする。成は続けた。

「これらはね、全部、ここではなく、少し離れた場所から集めてきたものです。ここには一切記録がない。その理由は想像がつきます。伝える必要がなかった。あなたたちは何度も繰り返しているわけだから、伝える意味がない。そもそも、あなたたちのうちで、子孫を残す者がいるというのも意味が分からないというか……このあたりのことは、俺は頭が良くないので色々言うのは避けましょう。あなたたちは、ここで事足りているわけですよね。だからこそ、決定的に欠けているものがある」

「何が言いたい」

「強烈な違和感があるんですよ。少しでも伝承とか……いや、そんな大仰なものではなく、子供のための昔話とか、そういうものを知っていたら、ルカがなんであるか、すぐに連想するものがあるはずです。実際、この話を集めた先の人たちは皆知っていた。でもきっと、イチさんには分からないでしょう」

「なんだ？　馬鹿にしてんのか」

「違いますよ。もう一度だけ聞きます。ルカは、なんだと思いますか。なんのバケモノだと思いますか」

　イチは少し迷ってから、

「魚のバケモノ」

　そう答えた。

「やっぱり」

　成は画面をメモに切り替えて、はっきりとした書き文字で漢字を二文字書いた。

「人魚ですよ」

　イチはにんぎょ、と呟いてから、眉間に皺を寄せる。

「ヒトにウオと書いて、にんぎょ、と読むのか？」

「そうです。ルカは、人魚ですよ。英語では、マーメイドと言います。おそらくあなたたち以外は、全員分かることかと」

　イチはしばらく考え込むような仕草をしてから、

「聞いたこともないが、そのままだな。確かにルカは魚のような人のような、そんなバケモノだ」

「聞いたこともないということが、俺は変だと思います。イチさんが何年――ひょっとすると何百年繰り返しているか知りませんが、人魚だの、マーメイドだのという言葉に全く触れないということはないはずだ。ここは外部の、何も知らない人間とも関わることができる。ここの住人はテレビも観るし、パソコンもある。迷信深い無知な人々でもない。だから恐らく、この言葉だけわざと隠されている。正直言って、イチさんが俺の言葉をそのまま受け取っているかも、受け取ったとして『人魚』という言葉を覚えていられるかも疑わしい。口に出した瞬間死んでしまう可能性も考えた。けど、死ぬことはなさそうでそこだけは安心です。とにかく、ルカの逸話は、全部人魚伝説ですよ」

成は一気に話した後、ふう、と大きく息を吐いた。

そしてまっすぐイチを見る。

イチは口をもごもごとさせながら、

「にん……人魚。人魚。確かに、妙な気持ちだ。この言葉を聞いたことがねえっていうのは、多分嘘、だ。うっすら思い出せる。外国の——子供が読むような本で、そういうバケモノの、悲恋の話があった。でもそれを思い出すと、頭がぐしゃりとなって」

坊主頭が汗で濡れているのが分かる。成はそれを見ながら続けた。

「イチさんの言っているのはアンデルセンの『人魚姫』のことでしょう。人魚はその名の通り、上半身が人間で、下半身が魚です。美しい容姿をしていて、声が魅惑的で、それで男を誘って水中に引き入れたりする。そして、どういうわけか日本においては、その肉を食べると不老長寿になるという伝説が、語り継がれている」

「なるほど。全部ルカと同じだな。でも、何度も聞くが、だからどうだと言うんだ。ルカが人魚だとして」

「正しい名前を知るということ——正体を知ることは、大切です。対策ができるから」

「学者みたいなことを言うんだな」

「今度はイチさんの番です」

成はイチの皮肉を無視して言った。

「あなたは繰り返していますね。繰り返すためには、ルカの肉を食べる必要があるはずだ。そして、おそらくだけれど、食べるだけではないいんじゃないですか」

成はスマートフォンの画面にふたたび先程の資料を表示する。

「この『古今情話怪談』という資料が一番分かりやすい。漁師の吉作はここではなく、隣《となり》村《むら》の出身だ。ルカという名前は知っていても見たことはない。一方若者たちはここの出身で、ルカを食べるということも知っている。しかし、吉作が殺した人魚を肴に皆で勝手に飲み食いしたところ、村の老人に叱責されている。実際に祟《たた》りのようなものまで起こっている。だから、ただ取って食べるだけでは、悪いことが起こるのだろうと思いました」

イチは無表情のまま、成の方に目線すら向けない。

「オマエの言うことは当たっているが、教える気はない。こんなもの、よそ者にベラベラ話すことではない。ベラベラ話したから、今ここはこうなっている。オレはオマエを信用していないいんじゃないいんだ。男というものを信用していない。男はどんなに抗《あらが》ってもルカに惹かれてしまう。教えても」

「俺はご神体を見ました」

イチがぎょっとした顔で成を見る。

「顔は隠されている。手もない。それなのに、人間に見えました。あれは、なんですか」

「だから……」

言い淀《よど》むイチに、成はなんですか、ともう一度聞く。

「分かった。もう仕方がないんだな。見てしまったんだから、もう、諦めるしかない。話すよ。これを話しても、まだ」

「大丈夫です」

何も大丈夫ではないことくらい、自分でも分かっている。それでも成はそう言うしかなかった。

イチは視線をうろうろとさ迷わせ、やがて決心したように口を開いた。

＊

「さて、この辺でいいですよ。ご苦労様です。皆さん、休んでおいてください」

イミコがそう言うと、男たちは最初遠慮していたが、やがてばらばらに散り、部屋を出て行った。

「ねえ」

唐突にイミコが言う。律の方に顔を向けているわけではないが、ここには律とイミコしかいない。だから、きっと律に言っているのだ。

「この場所、見覚えありません？」

あるに決まっている。

律はずっと、逃げ出したくてたまらない。ここにいると鉄錆《てつさび》の臭いまで湧いてくるようだ。

六角形の奇妙な天井。板張りの床。白漆喰の壁。窓が六つ。外は暗い。おかしな建物だ。この場所にいると、十年前のことが昨日のことのように感じられる。

「これじゃ話せないですね。仕方ないか」

イミコは胸の前でぱたぱたと手を動かす。すると、体を拘束されたときと同じように、唐突に体が動くようになる。

「律君、逃げないでくださいね。手間だから」

イミコは口の右端だけ上げて、

「あのまま東京とかまで戻られたら打つ手がなかったけど、近所にいてくれて助かりました。さすがにこれ以上待てないもの」

「や、八合は……」

「あら、あなた他人を心配することなんてできたんだ」

猫のような瞳が大きく開かれる。

「杏子のときもこれくらい心配してくれた？　違うよね。八合くんは、律君のだあい好きな、男だからでしょ」

「ちがう……」

「違わないでしょう。あの子のことをもう少しきちんと見ていたら——昔話をしますね。あなた、巫女の役割って何だと思う？」

イミコの声はどこまでも穏やかだった。しかし、律には、怒りを必死で押し殺しているようにしか聞こえない。杏子のことで恨まれても仕方ないとは思っている。しかし、杏子は律を庇《かば》って死んだのだ。律が積極的に杏子を殺したわけではない。

「何だと思う？」

イミコは瞬き一つしない。

「それは……あなた、みたいに、神社を守ること……」

「私は忌子。巫女ではないです。まあ、分かるとは思っていないけど。これは、暇潰しなの。あなたがどう答えても、どうでもいい。でも、私の気分が少しだけ、晴れる」

イミコは立ち上がり、また座り、それを繰り返す。そのたびに律の体はびくりと震える。

また、痛いことをされるのではないかという不安で、心臓が速く脈打った。

イミコはそれを見て心底楽しそうに微笑む。律が苦しむことこそが、この女の救いになっているのだろう。

やがて彼女は律の正面に腰掛けた。

「むかしむかし、あるところに、一朗太《いちろうた》という漁師の男がおりました」

「なに……を」

律が困惑の言葉を発する前に、イミコは人差し指で律の唇をつついた。

「黙って聞きなさい。私とても頑張っているんです。今も、これまでも。それくらい、してくれたっていいでしょう。本当は、私だって今すぐにやりたい。でも、夜、皆が寝てからじゃないと駄目ですから。まだ時間がある。聞きなさい」

イミコはそう言って、民話のようなものを律に聞かせた。最初はただ聞き流していた律だが、次第にぞくりとする。

建物の出口を気付かれないように窺《うかが》った。以前——十年前に、母と父に支えられてこの部屋から出た場所だ。しかしそこはもう、塗り固められていて、扉すら見えない。

結局何もできないまま、律はイミコの話を聞き終えてしまった。

「それじゃあ、あなたはここが……」

「ええ、そうですよ」

イミコは律の前に跪《ひざまず》いた。

今、イミコが話したことが全て本当にあった出来事なのだとしたら、そして彼女がそれを望んでいるのだとしたら、確かにそれは何の不思議もない仕草だ。

「世界を消してください」

✻

むかしむかし、あるところに、一朗太という漁師の男がおりました。

一朗太は真面目一徹の性格で、よく働き、村の皆にも慕われておりました。しかし真面目な分、強情なのが玉に瑕《きず》。両親や村長が強く言っても、「自分はこれぞ、という女に出会うのを待っている。そういう女が見付からなければ、一生独り身で構わない」と嫁を貰おうとしません。一朗太に憧れる女はこの村だけでなく、隣村にも、そのまた隣の村にもおりましたが、どんなに美しい女でも、金持ちの家の姫様でも、すげなく断ってしまうので、両親はほとほと手を焼いておりました。

そんな一朗太ですが、ある日船を出したところ、船の底に何かが引っかかっていることに気付きます。一朗太がその何かを櫂で引き寄せると、長くて薄い色の毛のようなものでした。

よく見ると、船縁《ふなべり》に縋《すが》りつくようにして、白い指が見えます。

すわ人だ、しかしもう助からないだろう。

そう思って一朗太はその指に触れると、驚いたことに弱々しく握り返してきます。慌てて一朗太が腕をとって引き上げると、女だったのです。

一朗太は危うく手を放して、ふたたび女を海に落としてしまうところでした。それほどまでに女は美しかったのです。

漁村で働く女の赤茶けた色ではない、上品な亜麻色の毛髪。透き通るような白い肌。乳房は熟した果実が二つ並んでいるかの如く瑞々《みずみず》しくて、何より驚いたのは腰から下が魚のようになっていたことです。一朗太は下半身が魚であっても不気味だとは思わず、むしろ光を反射して金色に輝く鱗を、宝石のようだと思いました。

しばらく見惚れていると、女の口から「灼ける」という呻き声が漏れました。陸にいる人間の体温は、海にいる人間にとっては灼け付くような熱さなのだろう、そう思った一朗太は、手を放して船の上に女を下ろしました。

それでもまだ辛《つら》そうにしているので、

「どこか痛むのか」

と尋ねると、

「背中」

と答えます。

なるべく肌に触れないように背中を見ると、何かが刺さり、そこからどくどくと赤い血が流れておりました。

そういえば、数日前漁師仲間の一人が大きな魚を銛《もり》で突いてやったのだと自慢気に語っていました。ではその大きな魚を見せてみろと言うと、激しい戦いの末、隙《すき》をついて逃げられてしまったと言うので、このほら吹きめ、と大いに笑いものにされていたのですが、それでも彼は銛の柄を突き出して、この先が折られているだろう。それは今も魚に突き刺さっているはずだ、と憤慨して言いました。

元より大口を叩く自慢屋であったこともあって、周りは誰も本気にしなかったのですが、今こうして女の背中に刺さっているのは、彼の銛の先端であるから、奴は嘘を吐いてはいなかったのだ、と一朗太は確信しました。

一朗太は女に体温が伝わらないよう、投網《とあみ》でぐるぐると腕を巻いて、そっと家の蔵に運びました。

銛の先端を抜いてやり、酒を吹きかけ、清潔な布で巻いてやると、女は苦しみながらもお礼を言います。見れば見るほど美しい女でした。

その後も一朗太は両親の目を盗んで、魚の汁や卵やら、精のつきそうな食べ物を与えると、女は段々と頬に赤みが差し、やがて体を起こして話すようになりました。不思議なことに、女がそうしているときは、魚のようになっていた足は人間の足のように見えるのです。立ち上がって動くことなどはできないようなので、一朗太はそっと木枕を腰に当てて、女が体を起こしやすいようにしてやりました。

「お前さんは随分良い人だね」

女はにっこりと笑って言いました。

「お前さんではない。一朗太という名前があるんだ」

一朗太は照れ臭くなって、ぶっきらぼうに答えました。

「そうかい。悪かったね。私はあなたを一朗太さんと呼ぶから、あなたは私をるかと呼んでおくれ。一朗太さんには何かやりたいことはないのかい。なんだって叶えてあげたいが、私にできることは少ない。それでも、これだけしてくれたのだから、どうか何か言ってておくれよ」

一朗太の望みは目の前にいる女と夫婦になって子供を作ることでしたが、何せ今まで女という女を突っぱねてきた一朗太のことです。そんなことを妙齢の女に言っていいのかどうか分かりません。一朗太がまごついていると、

「それ、どうしたんだい」

そう言って、手を伸ばしてきて、一朗太の額に触れ、熱い、と言ってまた手を引っ込めました。

るかの触れた場所には大きな傷があります。一朗太が小さい頃に、よそから賊が村に入り込んだことがあって、そのうちの一人が一朗太を切りつけたのです。一朗太は勇敢にも小刀で応戦し、逆にのしてしまいました。そのときについた傷は今も赤く膨《ふく》れて、傷で御座いと主張していますが、周りからはかえって男っぷりが上がっているなどと言われていました。

そのようなことを話すと、

「そうだね。私にできることをひとまず、見せてやろう」

そう言うや否や、るかは顔を近付けてきて、一朗太の傷をぺろりと舐めました。

「何をする」

一朗太は大声を出しましたが、

「ほら、触って御覧よ」

るかの言う通り傷を触ってみると、おどろくことに、ぼこぼこと隆起していた皮膚が滑らかになっているのです。

「私にはこういうことができるんだ。もし、一朗太さんが怪我をしたり、怪我を治して欲しい人がいたりしたら、私はお役に立てると思うよ」

一朗太は何度もつるりとなった額を撫でながら、考えておく、と返事をしました。一朗太の父親は、右腕を鱶《ふか》に食われ、命は助かったものの、仕事もできず、また怪我の痛みに毎日苦しんでおりました。それを治せと言えばるかは治してくれるかもしれませんが、そうしたら海に帰ってしまうのではないかと考えたのです。

一朗太はるかに、もう少しゆっくりここで休んでいけ、と言って、世話を焼き続けました。

それからひと月ほど後のことです。

ある晩、一朗太が蔵を訪ねると、るかがすやすやと眠っているのが目に入りました。

「おうい、るかやい。今日は芋と烏賊《いか》を煮たのを持ってきてやったぞ。汁物もすぐに作るから、起きてくれや」

そう声をかけると、突如るかはギャッと叫び声を上げて飛び起きました。

どうした、と駆け寄ると、るかはがっしと一朗太の腕を掴みました。

「おい、そんなことをしたら、肌が焼けてしまうだろう」

「そんなこと構うもんか」

るかの目はぎらぎらと光って、血走っています。剥《む》き出した歯は尖《とが》っていて、獣のようでした。一朗太が何も言えないでいると、

「明日、嵐が来るよ。低い場所に住む者には逃げるよう知らせておくれ」

一朗太は笑って、

「そんなわけがあるかい。最近は雨一つない。雨乞《あまご》いをしているくらいなんだから、むし

ろありがたいことだ」

「馬鹿言っちゃいけないよ。たくさん人が死ぬんだよ」

るかはそう怒鳴ってから、一朗太に頭を下げました。

「どうかどうか、お願いだよ。私を信じて、皆に言っておくれ」

好いた女がここまでしているのに、断るなんてことはできませんでした。

一朗太は大鍋の底をがんがんとけたたましく鳴らして集落を一軒一軒回り、

「森山明神様のお告げがあったぞ。これから大嵐が来る。今すぐ表へ出て、高い場所に逃げろ」

そう言いましたが、月の綺麗な晩で、雲一つありません。ほとんど信じる人はおらず、しまいにはあれほど一朗太を慕っていた漁師仲間にまで、

「一朗太、いい加減にしねえか。何を夢のようなことを言ってやがる」

そう言って、刃物を抜き、脅されてはすごすごと退散するしかありません。

結局、一朗太の親族と、数十人の村人しか、一朗太を信じてくれる者はありませんでした。

山に登る前に一朗太はもう一度蔵へ寄って、

「るか、お前も一緒に来い。これに入れて山を登ってやる」

そう言って大きな背負子《しょいこ》を見せましたが、

「私は泳げるからいいんだよ」

　るかは微笑むだけでした。一朗太は堪らない気持ちになって、

「るか、俺はお前に心底惚れているんだ。どうか、これっきりにはしないでおくれよ」

と、豪で鳴らした男にしてはあまりにも情けなく頭《こうべ》を垂れました。

「一朗太さん、私もあなたのことを好いているよ」

　頭を上げると、るかは目を潤ませていました。

「大丈夫だよ。またきっと、戻ってくるから。それより早く逃げておくれ」

　一朗太は何度も振り返りながら、皆を連れて山を登りました。

　ちょうどてっぺんに着いたころ、にわかに暗雲が垂れ込めました。そして、ざあざあと、滝のような雨が降り、雷鳴が轟《とどろ》き、たちまち家々が水に飲まれてしまいました。皆泣き叫びましたが、結局、その嵐は三日三晩続き、一朗太とともに山に登らなかった者で生き残った者は一人もおりませんでした。

　さて、命は助かった、と安心することもできません。なにせ、先立つものはありません。家も船も流されてしまい、全て一からやり直しです。残された一朗太たちはなんとか協力して掘っ立て小屋のようなものを造り、木の実や小魚などで飢えを凌《しの》いでいました。

「こんなことなら助からない方が良かった」

「森山明神など聞いたこともない。存外、それが嵐を起こしたのかもしれない」

そんなことを言う者までてきたのです。一朗太は腹が立って腹が立って、また、るかのことが恋しくて恋しくて、瓦礫《がれき》の散らばる海辺をぶらぶらと歩きまわりました。

「るか……」

そう呟いたときのことでした。

「なんだい、一朗太さん」

るかが浜辺に寝そべるようにして、一朗太を見上げておりました。

一朗太は慌てて駆け寄り、抱きしめようとして、寸前でるかの肌のことを思い出して腕を引っ込めました。

「一朗太さんは本当に優しいね」

一朗太は黙ってるかの美しい顔を眺めました。一朗太はるかがそこにいるだけで何とも言えない幸せな気持ちになったのです。

「一朗太さん、お金に困っているんじゃないのかい」

どんなに貧していても、女にそのようなことは言えません。何も言わない一朗太を見て、るかはまた、優しく微笑みました。

「あの山の上に本当に神社を建てておしまいよ。三日三晩続いた嵐のことはこの辺の者は皆知っているはず。それを予言して、難を逃れたあなたたちのこともね。きっと、何人もお参りに来るだろうさ。それに、私も、天気のことならああやって分かるのさ。お守りなどを売って、もっと金を出した人間には、私がお告げのようなことをしてやろうじゃないか。私は神でもなんでもないけれど、本当に分かることを言うのだから、謀《たばか》ったことにはならないさ」

るかに頼るのは気がひけましたが、事実、皆は精も根も尽き果てようとしています。何度もるかに謝りながら、一朗太は彼女に明神様の役をやってもらうことにしました。

するとるかの言った通り、森山明神は大繁盛して、金が集まり始めました。御利益《ごりやく》を聞いて村に越してくるものもあり、五年も経たずに一朗太の村は元通りと言っていいくらいの賑《にぎ》わいを取り戻しました。

それからさらに三十年が経ちました。

一朗太の父が死に、母が死に、最初一朗太についてきてくれた者たちももうほとんど残っていません。

そうなると、『御利益』を疑うものも出てきます。

「なに、予言なんて、うちの村にも得意な者はいる。そうでなくても、雲を読んで天気を当てるなんてこともできるって話じゃねえか。森山明神など、いんちきだ」

一人二人ならいいものを、噂は広まっていって、いよいよ無視できなくなりました。

「どうしたらいいと思う、るか」

「仕方ないねえ」

三十年前と全く変わらない輝くばかりの美貌で、るかは言いました。

「これから三日後に、雲から一本光の射す日がある。そのときに私を皆に見せなさい。そうして、悪いけれど、一朗太さんは自分の腕かどこかに傷をつけてくれないかい。なるべく派手に見えるものがいい。私がそれを皆の前で治すよ。私は異形《いぎょう》だし、傷も治せるんだ。もう誰もいんちきなんて言わないはずさ」

「すまないな、るか」

「いいんだよ、一朗太さん」

三日後、るかの言う通り、曇天《どんてん》の中に一筋、光が射して、森山明神の社を照らしました。そこへ、隠れていたるかがぬるりと這い出てきます。一同は、るかのあまりの美しさと恐ろしさに、身動き一つとれません。

るかが黙って一朗太のあらかじめつけておいた傷に口づけすると、傷はみるみるうちに塞《ふさ》がり、そこに傷があったことさえ分からなくなりました。

皆がおお、と感嘆の声を漏らす中、一人だけ、

「なんだこんなもの。芝居だ。手妻《てづま》だ。こんなものに騙されるのは餓鬼だけよ」

若者が言い終わるか終わらないかのうちに、一朗太は手に持っていた小刀で、思い切り彼の顔を切りつけました。そしてすぐ、るかが若者の顔を舐めて、傷が塞《ふさ》がります。

若者は涙を流して平伏し、「明神様、お許しください」と言って何度も謝りました。

そして若者を含め、その場にいた者たちの証言で、るかは明神様のお使いであり、一朗太はその伴侶として選ばれたのだと噂が広まりました。

なんのことはない、こうなるのも一朗太の思案のうちでした。

このことがあってから、森山明神の御利益の一つに、病気平癒《へいゆ》が入りました。実際に、金を多く出すものには、一朗太はるかの唾や涙を売りつけて、ますます村は栄えました。

そして、一朗太とるかの間には子供が二人できていました。男の子も女の子も一目見たら振り返らずにはおれない美しさで、近所の評判でした。勿論、通常の性交では焼け爛《ただ》れてしまいますから、尋常な方法でできた子供ではありません。

ある夜のこと。

「お前との子供が欲しいんだ」

一朗太がそう言うと、るかは分かったよ、と言い、何やらごそごそと胸のあたりをまさぐって、

「この赤い珠《たま》に触れて、願っておくれ。うまくいけば、できるはずだよ」

言われたとおりにすると、一朗太は気を失ってしまい、起きたときには、なんと、るかが赤ん坊をふたり、抱いて微笑んでいました。恐ろしいことに、日にちにして七日が経っておりました。

気を失っている間、一朗太の見た夢は、自分とるかがどろどろと溶けて、混ざりあい、

どこか遠くへ行くようなものでした。

生まれてきたのは、目が潰《つぶ》れそうなほど美しい子供でした。足も人間と変わりがありませんでしたが、歯は尖っており、何より恐ろしかったのは、子供たちが泣くと、天気が荒れることでした。

一朗太は、あんなに望んだ子供だったというのに、次第に恐ろしくなって、子供を無視して、森山明神の仕事、金もうけにばかり走るようになりました。

どこまでも優しい一朗太の性分《しょうぶん》を好きになったるかでしたから、一朗太の変わりようが哀《かな》しく、毎日大粒の涙を零しました。すると一朗太はその涙を集めて、また阿漕《あこぎ》な値で金持ちに売るのでした。

「一朗太さん」

なんだい、るか、とは、もう返ってきません。それでもるかが根気強く呼び続けると、至極面倒そうに、

「なんだ」

とぶっきらぼうに返してきます。

「私、そろそろ海に帰ろうと思うよ」

「なんだと」

るかは、一緒にいてくれ、惚れている、と昔のように言われれば、ここに残るつもりで

した。しかし、そんな気持ちは一瞬で裏切られます。

「そんなことをしやがったらただじゃおかねえ。俺も、村の者も、お前の浅慮で野垂れ死ぬことになるんだ。ようく考えてからものを言いやがれ」

一朗太はそう怒鳴ると、るかの服を乱暴に剝《は》ぎ取ります。そして胸のあたりを乱暴に弄りました。

「灼ける、灼けるっ」

るかは何度も悲鳴を上げて訴えましたが、一朗太はやめません。そうして一朗太はとうとう、るかが隠していた赤い珠を奪い取り、

「いいか、二度と帰るなんて言うんじゃねえぞ」

そう言って、るかを縄で柱に縛り付けると、以来、家から出さないようになりました。

何日経ったことでしょうか。

一朗太は毎日るかの様子を見に行き、飲み物も食べ物も用意してやりましたが、るかはどんどん元気を失っていきます。

「子供に会わせておくれ」

そう言われても、一朗太は無視しました。会わせてしまったら、何か恐ろしいことが起こるような気がしたからです。しかし、あまりにもるかが衰弱していたので、一朗太は子供を連れていきました。

「おい、子供を連れてきてやったぞ」

るかは弱々しく頭を上げて子供たちを見ると、微笑んで、

「もう遅いよ」

と言いました。

「何が遅いってんだ」

「あんたも、私も、死ぬんだよ」

そう言うと、るかは目を閉じて、そのまま息をしなくなりました。

するとどうしたことでしょう。一朗太も全身の力が抜けていき、何一つ言葉を発する間もなく、同じように息絶えてしまったのです。

子供たちのほかにもう一人、この一部始終を見ていたものがありました。

一朗太の屋敷の下男をしていた文吾《ぶんご》という小男です。彼は元来嫉妬深い性格で、美しい妻子と有り余る富を持つ一朗太をずっと憎んでおりました。

文吾は恐ろしいほどの執念深さで密かに一朗太をつけ回しておりましたから、一朗太が売る万能薬が、るかの体液だと知っていたのです。

文吾は今さっき死んだるかにそっと近付くと、子供たちが見ているのも構わず口を吸いました。

「なんだこれは。全身に力が漲《みなぎ》るようだぞ」

文吾は思わず声を上げました。気のせいではありません。白いものが交じっていた冬山のような文吾の頭にはふさふさと黒い毛が生え、日に焼けて染みだらけの肌はピンと張り、瑞々しさを取り戻しました。文吾は一瞬のうちに十代そこそこの若者と変わらない見た目になったのです。

文吾は社の奥から、一朗太の隠していた赤い珠を捜し出し、それから村の者を集めました。

「一朗太とお使い様は明神様の不興《ふきょう》を買った故、死んだ。また、新たなお告げがあって、私は明神様からこの赤い珠を賜《たまわ》った。今日からこの文吾がここを治める。そして、新たなお使い様は、子供のうちの、女の方だ」

そう言って文吾は、何も言わないるかの子供のうちの一人を、皆に見せました。

村人は困惑しましたが、汚らしく老いたはずの文吾が若返っているのを見て、

「それより文吾さん、どうして若返っているんだい」

そう尋ねた。

文吾はおおいばりで、

「それよ。一朗太はお使い様の扱い方を間違えたのよ。お使い様は食べるものじゃ。吸って食べればこのように若返るものよ。このとおり私は若返った。これこそ、明神様の恵みであるぞ」

「でも、食べてしまったら、お使い様はいなくなってしまうんじゃねえのかい」

一人の男がそう尋ねた。

「そんなことは心配ない。お使い様と子作りをすればよろしい。そうすれば、そのお子は新たなお使い様となる。私は、全て分かっているのだ」

そう言うや否や、文吾は女の子供の服をはぎ取り、足を大開きにして、汚らしい陰茎を挿し入れました。悲鳴を上げたり、やめろと言うものもおりましたが、何とも好い匂いがしてきて、女の子が「灼ける」と叫ぶ声も、なんだか外国の美しい調べのように聞こえましたので、結局文吾が女の子を放すまで、皆立ち尽くして、じっと見ていたと言います。

それから半月ほどして、女の子のお腹は大きくなりました。そして、女の子は子を産むと、すぐに殺され、皆に分けられて食べられたと言います。

ねえ、律君。あなたこの話、どう思う？

悍《おぞ》ましいよね。うんざりするよね。

こんな場所、どう思う？　ここに住んでいる連中は皆、ろくでなしの子孫だよ。

続きがあるけど、もっともっとろくでもない話ですよ。

儀式というのは、時代を超えて、どんどん要素が足されていくんですよね。この土地の下らない、どうしようもない奴らも、食べて若返って、で終わればよかったものを、それでは足りないと思うようになった。

いつしか食べ物でしかなかった、もっと元をたどれば、人間と何ら変わらない心を持った異形の生き物であっただけのルカを、本当に神様みたいに扱うようになったのよ。

心のどこかで、いつか罰が当たるはずだ、なんて考えていたんでしょうね。

巫女の役割はなんだと思うか、私聞きましたよね。これが一番私は許せない。下らない、シントウだかなんだかという宗教が混ざってできた、悍ましい役割だ。

アメノウズメって知ってますよね。日本の主神とされていたアマテラスが、弟の暴虐に耐えかねて、岩の奥に引きこもったとき、彼女を外に出すために、裸で舞い踊った神様。そういうのがね、昔からの巫女の役割なのですよ。

分かる？　巫女の役割。

杏子はね、そういうことを、あの繰り返しの汚らしい奴らのためにやっていたのよ。驚くほど幼いときからずっと。私は何も言っていない。奴らが勝手に始めたの。私は何もできなかった。そうなってしまったものを変えるのは、一から規則を作るより、ずっと難しい。

あの子、可哀想でしょう？　それを知っていたら、あの子をもっと大事に扱った？

そんなことはないですよね。

あなた、自分本位だもの。

でもね、自分本位なのは私も同じ。だから、あなたのことは責めない。あなたも私を責められない。

イミコには、もっと大事な役割があったの。

私は、この場所のクズどもとは違う。きちんと学んで、昔からの正しい方法を知った。でも、そのためには間違ったことも見過ごさなくてはいけなかった。申し訳なかった。あの子だけが、森山の中では綺麗なものでした。

奴らには自由にやらせた。私はイミコとして——奴らが信じるイミコとして、振舞っていた。ずっと。そしたら、皆、私のことを信じるようになった。

私がいつもと違う祝詞《のりと》を唱えて、あなたとルカを結婚させたことにも、全く気付かなかった。

これで大丈夫。これが正しいやり方です。正しいやり方をしたら、正しい子供が生まれるものよ。

文吾は、森山の人間だから、本当に下らない人間だから、恐らく欲もあって、人間と同じようなやり方で子供を作った。でも、そんなことをしてできるのは、「ルカもどき」だけ。半端なバケモノで、人間の言葉を理解しない。できるわけがない。

大事なのは赤い珠の方よ。それで、交じり合うこと。文吾は下らない人間だから、それを持っていれば言うことを聞く便利なものだ、くらいに思っていたんでしょうね。

この話を聞くだけで分かるのにね。一朗太とルカの間にどうして正しいルカができたのか。

もう昔話はお終いです。

律君、私、あなたも、どうしようもない人間だとは思っています。でもね、言ったでしょう。人間なんて全員、どうしようもないものだ。

きっと環境の問題。森山と関わったら、誰でもこの辺の人間のように汚く生きるだろうし、あなたのように都合よく人に寄りかかって生きていくのよ。皆そう。

だからあなたのことは全然怒っていない。私はあなたの味方だって言ったでしょう。杏子も、そう言ったはず。私は嘘は吐きません。感謝している。あなたがいてくれて本当に良かった。

そう、これ、顔が、律君になったみたいなの。本当に、ありがとう。

言いましたよね。ルカは天候を操れるの。こんな世界、うんざりです。

世界を消してください。

✳

律はイミコの目をまっすぐに見つめた。

彼女は全く目を逸《そ》らさない。

「世界を消す……って、そんな」

律の口から、ようやっと短い言葉が出た。

イミコの言うことは理解できる。森山とは関係ないかもしれないが、この世にどうしようもない部分のない人間などいない。

幼馴染の高遠との、ほんの興味から始まった関係を、高遠の意志を無視して脅迫を含めた強引な手段で継続させようとした律は、勿論どうしようもない。

しかし、律を痛めつけ、結果的にではあるが家族ごと元の場所に住めなくなるようにした高遠もまた、どうしようもない人間だ。これ幸いと律を生贄に捧げようとした父も、母も、祖母でさえも——関東に戻ってからの生活でも変わりはない。どうしようもない人間ばかりだった。

それでも、

「俺、そんなふうに思えない……です」

彼女の言うことは正しいが、例外もある。どんな環境に置かれていても、杏子は、彼女の妹は優しかった。善性は少しも毀損《きそん》されなかった。そういう人間もいることの証明だ。

「杏子のことを言っているの？」

イミコの眉間に小さい皺が寄った。

「それはそうだけど、あの子はもういないじゃない」

「杏子だけじゃない。八合だって」

「あら、私言いましたよね。彼、あなたのこと殺そうと」

「関係ない。それに、仕方がないことだ。だから、八合は、どうしようもない人間じゃ」

「はあ、うるさい」

冷え冷えとした声でイミコは言った。

「律君には話しかけていません。最初からずっと、律君のことなんてどうでもいいの。律君がこうなってから、律君のことをどうでもいいと思っているのなんて、私だけかもしれませんね。すごく綺麗で、可愛くて、愛おしい。そう見えるから。でも、それは律君が綺麗で可愛くて愛おしいわけじゃない。知ってる？　それはルカの習性なの。ルカはね、その人の、一番愛おしいと思う形になるの。なんて、いじらしい生き物なのか。尊いとしか言いようがない」

イミコは熱に浮かされたような瞳をしている。頭を不自然に左右に振って、律を通して、何か別のものを見ている。

「私は神様を信じていない――いえ、違いますね。神様を憎んでいる。けれど、ルカを造ったことだけは素晴らしいと思う。ルカは、神様が人間という下らない種に与えた恵みです。舌の蕩《とろ》けるような食べ物でもあり、あらゆる性欲のはけ口でもあり、でもそんなものよりずっと尊いものは、彼の使命。その使命とは、全てのものを一度リセットすること。

ノアの箱舟、知っているでしょう。私はキリスト教のことなんかこれっぽっちも知らないけれど、それでも知っている。あのときも神は罪ばかり犯す人間をリセットしようとして、正義の人であるノアとその一族、それにあらゆる生き物の番《つがい》を箱舟に乗せて、それから洪水を起こした。箱舟に乗ったもの以外は皆死んだ。地上は、ノアとその一族で満たされて……でも、正義の人の一族だからみんな正義の人だなんて、あまりにも短絡的な発想。昔の話だから、発想も牧歌的なんでしょうか。案の定すぐ世界は、またどうしようもなくなってしまった。中途半端に残すからですよ。全員、死ねばいい」

イミコは一息にそう言って、話しすぎてしまった、と呟いた。

何を言っても無駄。彼女の決意は固い。律はそう感じた。

そもそも、彼女はいつから生きているのかも分からない。

「あなたは、一体、いつから」

「私？」

イミコは口の端を無理に持ち上げて笑顔を作った。皮膚がぴくぴくと痙攣《けいれん》している。

「私が、繰り返してると、そう思った？」

律の心にわずかに残った人間の部分が、恐怖で震えた。目の前の女のどす黒い感情が流れ込んでくるようだ。

「繰り返すなんて、勘弁願いたい、真っ平御免です」

イミコは目を大きく見開いたまま、何度も荒い呼吸を繰り返し、しばらくしてからそう吐き捨てた。

律の肩に手をかける。小さな体格に似合わない力で指が強く食い込み、律は呻き声を漏らした。手を振り払うことが難しい。目の前の女に逆らうことができない。

ごとり、と重いものが床に落ちたような音が聞こえた。イミコがぱっと手を放した。律は反動でのけぞるような格好になる。震える手で痛む肩を摩《さす》った。ひどく寒い。

イミコの顔をもう一度見ると、悍ましいほどの怒気は消え失せ、人を食ったような元の顔に戻っていた。

「さっさと皆寝たらいいのに。律君も、眠かったら寝てもいいですよ」

イミコが立ち上がって扉を開くと、大柄な男性が入ってくる。先程律をここへ運んできた者たちの中にいた一人かもしれない。男が律に視線を向けると、イミコが「見てはいけない」と短く言うのが聞こえた。

男とイミコは律に聞こえないくらいの小声で二言《ふたこと》三言《みこと》交わす。

「分かりました。もう行って。今日は休んでください」

イミコがそう言うと、男は「でも」と食い下がったが、やがて諦めて頭を下げ、出て行った。

「ねえ、律君」

また、唐突に話しかけてくる。イミコは律と目を合わせようとはしない。わざと目線を外しているわけではなさそうだ。ただ、どこか別のところを見ている。

「あの人たち、ここに来たんだって」

「あの人たちって……」

「八合くんと死にぞこない」

イミコは律の顔を見て、

「あなたも、私が彼らをどうにかしたって思ったんだ。向こうも、律君のこと心配してましたよ。私、そんなに人殺しとかしそうなタイプに見えるのかな。なんだか、傷付きます」

「いや、そんなことは……」

「冗談ですよ。どうせ今晩で終わるから、どうでもいいんです」

イミコはどうでもいい、どうでもいい、と繰り返した。

殺さない、とは言っているが、イミコの話をまとめると、今夜、ルカの力を使って、洪水を起こし、世界を終わらせる、と言っていることになる。本当にそのようなことを起こせるかどうかは分からないが、少なくとも彼女は本気だ。そして、何を言ってももう、聞き入れてはくれないだろう。彼女には、誰も大切な人などいない。死んだ人間だけが良い人間。人間全てに深く絶望している。ただ、世界を終わらせたいという意思しかない。

それでもなんとか対話を試みようとして律は、

「さっき、あなたは早く寝ればいいと言った。寝てからじゃないと駄目だって。だったら、あなたがしようとしていることは、失敗するんじゃないのか。八合も、あの男の子も、きっと眠ったりしないと思う。少なくとも、俺が見付かるまで」

「ははは」

イミコは声だけで笑った。

「なんだか必死だね。寝てからじゃないと駄目っていうのは、素敵な瞬間を邪魔されたくないってだけ。もう起こることが決まっていて、止められないの。そのときを見届けたいから、万が一にも、危害を加えられたくない。それだけですよ。だいたいあなた、どうしてそんなに必死なんですか。あなただってこの世界、もうどうでもいいでしょ」

律が何も答えないでいると、

「もしかして、八合くんと、一回だけでもセックスしたいから？　それが心残りだったりする？」

「は」

イミコは律の反応を楽しんでいるようだった。

「律君、惚れっぽいというか、即物的ですよね。妹のときもそう思った」

「な、なんでそんな発想になるのか」

「だって、そうでもないと、意味が分からないから。あなたに、生きていて楽しいことなんてあるのかな。両親に死んでほしいと思われて、誰も理解してくれる人なんていなくて、出会う人は全員、あなたのことじゃなくて、ルカのことを見ている。八合くんだって、そうだと思うよ。そんなの、生きている価値、なくない？　私だったら自殺してるよ」

「でも……」

「私だったら、って話です。きっと、あなたは八合くんに恋しているのね。セックスしたい、も恋愛感情の一部ってことにしておいてあげますよ。だから、彼が生きがいになっているんだね。こんなに話が通じるルカって初めてだから、不思議な感じ。まあ、杏子が邪魔しなければ、律君の混ざったこんなものじゃなくて、純粋なルカと話せていたんだろうけど。私の言ってること、理解してる？」

律は首を横に振った。イミコは息継ぎもしないで話し続ける。

「理解してなくてもいいです。私は律君と話しているのかもしれないけど、実際はルカと話している。そういう状況が、楽しいだけだから。さっきの話だけど、本当に、もう始まっていてどうにもできないんです。八合くんはここから離れていた人間だったから分からないと思うけど、あの死にぞこないは、これを見た瞬間にもう手遅れだって理解できると思います。一目瞭然なんだ」

あの少年の顔を思い出す。言動からも、死にぞこないと呼ばれていることからしても、彼が繰り返していたことは間違いない。

ただ、おかしいことがある。

イミコは「私がいつもと違う祝詞を唱えても誰も気付かなかった」と言った。嘘ではないだろう。誰も気付かないからこそ、「世界を消す」などということに対しても抗議をしてくる者はおらず、むしろ皆が彼女に協力している。

ではなぜ、あの少年だけがイミコの意思に反した行動をとっているのか。

「あの男の子は、誰なんですか」

「教えない」

イミコはきっぱりと言った。

「教えたら、面白くないから、ずばり誰だかっていうのは言わない。でも、彼は私の元お友達です」

友達、という言葉にひどく違和感があった。

「あなたは、繰り返してないんじゃないのか」

どう考えても、彼女は自分と住人たちを同じ人間だとは思っていない。見下しているし、イミコとしての役割からして、ルカと住人の管理者であり、「友達」などという存在がいるとは思えない。彼女が友達だと思う人間がいるとすれば、それは対等な立場で、事情を全て知っている人間だ。彼女は繰り返していないのに、繰り返している人間とそのような関係性を築けるものだろうか。

「私、何歳に見える?」

突然の質問にまた律は戸惑う。

「二十代の後半、くらい……」

「嫌ですね、そういうときはもう少し若く言うものですよ。誰も彼もあなたの虜《とりこ》になってしまうから、あなたは気を遣うっていうことを知らないんですね」

「そんな……」

「冗談です。私ね、あるときから、ずっと見た目が変わらないんです。ずっとこのまま」

繰り返してはいないのか。ただ、見た目が変わらない。律は当然の疑問を口にする。

「じゃあ、杏子は……」

「あの子は普通の子。でもそうですね、妹じゃない。あの子は、私のことをずっと姉だと思っていたけどね」

イミコの顔に、一瞬だけ悲しみの表情が浮かび、またすぐに消えた。

「私も、あの子のこと、妹みたいに思っていた。でも、図々《ずうずう》しいですね。私はそんな年じゃないから。でも、私は蕎ュ鬲なんて食べていないのですよ」

「何を、食べていないって?」

聞き返す。何と言っているか聞き取れなかった。ルカ、とは聞こえなかった。

「だから、莠ｺ鬲。ははははははははは」

イミコは唐突に顔を崩した。

「嘘。もしかして……聞こえていないんだ。すごい。莠ｺ鬲莠ｺ鬲莠ｺ鬲莠ｺ鬲莠ｺ鬲莠ｺ鬲莠ｺ鬲莠ｺ鬲莠ｺ鬲莠ｺ鬲莠ｺ鬲。どう？　分かる？」

意味不明な言葉をいくら連呼されても、何も意味が取れない。口の動きも、発音も、それによって震える鼓膜も、全て気持ちが悪い。

「あなたも無理なんだ。分からないんだ。これは新たな発見です。今更無意味だけど。でも、すごい。あなた、莠ｺ鬲壺ｧｫの話は知ってる？　莠ｺ鬲壺ｧｫは声を失う。二本の足が生えてくる代償に。これは西洋の御伽噺《おとぎばなし》だけど、私は本当にあったことなんじゃないかと思うんですよね。つまりもう、あの人たちは取られている。ルカに魅入られた男ばかりが失うもんだと、だから皆、生贄が出ても、自分は大丈夫だ、他人事《ひとごと》だと振舞っていたけど、やっぱりそれでも取られていたんじゃないかな。ううん、考えがまとまらない。とにかくここの人間は、莠ｺ鬲っていうのが分からないの。思い出せてもすぐに消える。名前が分からなくなるのは、厄介なこと。その本質が分からなくなることだから。防衛本能？　食べられたくない？　考えても仕方ない、ね。仕方ないって言って。言って。言って。言いなさいよ」

イミコは律の肩に手をかけ、がたがたと揺さぶった。恐怖で何も言えない。この女は、すでにあちらの世界に行ってしまったのだ。話は聞いてくれないけれど、それは憎悪が深いからで、対話することはできると思っていた。

『私は嘘は吐きません』

彼女が言っていたことを思い出す。

そうだ。その通りだ。

彼女はもう、どうでもいいと思っている。人の言葉を聞いてすらいない。彼女の言葉は独り言だ。

イミコはずっと、涙を流しながら笑っている。私も捧げてるの、と言いながら。

彼の腿に滴るひとしずく、それを舐めとると、彼はかすれた声でああ、と言った。

服の隙間に手を滑り込ませる。今まで触ったどんなものよりもすべらかで、吸い付くような感触。堪らなくなって服をひきむしり、彼の胸に顔を埋めた。ほとんど脂肪のない、それでいて女性的な柔らかさを持った胸部は、彼が呼吸をするたび小さく震えている。何度も無意味に頬を擦り付けるうち、熱くなった肌はやがてどちらがどちらの肌なのか分からなくなる。

＊

そうして一つになっていると、ふいに頭を持ち上げられる。目線が合う。彼と目線が合う。彼はしっかりと俺の瞳を見ているのだろうか。自分がこれほどまでに美しいと知っているのだろうか。だから微笑んでいるのだろうか。

「抱いて」

と彼が言う。俺は勃起した陰茎を挿入する。

「そうだけど、そう、じゃ、ない」

非難めいた口調と裏腹に、彼は俺を咥え込んで放さなかった。もう会話は必要なかった。

彼は俺の口唇《くちびる》を貪りつくし、俺もまた同じようにした。

「灼ける」

絶頂が近付くと彼は少女のような声で叫んだ。

「灼けるっ、お願い、抱きしめて」

灼ける、灼ける、灼ける、その声に促されるかのように俺は果て、同時に彼をきつく抱きしめた。そしてようやく、これが抱いての意味かと気付く。味わいつくされた彼の口唇がひくひくと痙攣している。もう一度深く吸う。陰茎を引き抜こうとすると、彼は脚をきつくからませ、それを拒んだ。きゅう、と強く締め付けられ、再び下半身に血液が集まっていく。

「ずっとこうされたかった、こんなふうに大事にされたかった」

彼の涙が頬を伝い、光っていた。

今が一番幸せだ、これ以上はない、だからもう、殺してください、君のものを深く咥え込んで、君に抱かれて、そしてこのまま死にたい、殺してください、殺してください、殺してください、殺してください、殺してください、殺してください。

——今でも夢に見る。決まってあの夏の夢だ。俺は彼を幸せにしたかった。

漆黒の瞳、口元の黒子《ほくろ》、内腿に残るケロイド、柔らかい脇毛、彼が首を傾げると、その陶器のような肌に皺が寄る、その皺さえも覚えている。

今も俺はあの夏にいる。あの暑い噎《む》せ返るような部屋にひとり取り残されている。

俺は彼を幸せにしたかった。


あれがいつ、女になったのか分からない。

オレはあれを殺したはずだ。目の前で、落ちていくのを見た。

でもすぐにまた、同じ姿で現れた。

誰って、イミコと名乗っているあいつだ。

中山林檎？　偽名だろう。森山神社を管理するのは女と決まっているから、それに合わせた名前だ。

カイ、という名前だった。

あいつは、オレよりは若い。なんでかっていうと、オレが何周目か忘れたが、繰り返している最中に逢ったからだ。

時代、分からねえな。飢饉《ききん》があっても、大水があっても、戦争が起きても、ここには何の影響もないからな。オレ、ここから出たことがねえんだ。ただ、インターネットはなかったぞ。携帯電話も。

とにかく、クソ、恥ずかしいな。オレは年甲斐もなく、カイに夢中になった。オレにとっては、ルカよりもずっと綺麗に見えた。見た目は、割合今のままだぞ。オマエも、可愛いと思っただろう。ひどく小柄で、猫のような顔だ。今と違って男には見えたが。

オマエはもしかして、もともと女が好きだったのに、男の律を好きになって少なからず戸惑っているんだろうな。だがオレは違う。腹立たしいが、村の連中もそうだろう。何度も繰り返しているうちに、男だの女だの、もっと言えばどんな生き物でも、なんでもよくなってしまうんだよ。偏見がないのとは違う。これは決していいことではない。何もかもおかしいってだけだ。

最低なことを言うぞ。むしろオレにとっては、男の方が都合が良かった。同性愛者ってことじゃない。

男は、妊娠しないからだ。

オレはこんなに繰り返していて、未だに子を作ろうって連中の気が知れない。二回もやれば、耐えられない。どんなに愛しても、大切に思っても、自分より先に死んでいく。いつも自分が最後だ。

ああ、それな。もう試した。

ルカを食ったもの同士は、目合《まぐわ》っても子供はできない。

とにかくオレは、そういう悲しみにもう耐えられなかった。だから、男を選ぶようにしていた。むしろそうしない連中は、責任感がない、誠意がないとまで思っていた。自分のやっていることは棚に上げて、悍《おぞ》ましいことだ。

オレはカイのことを愛してはいたが、それは一瞬の寂しさを紛らわす相手として、だ。カイだっていつまでも、オレの側にいるわけではないだろう。きっとここを出て、女と子を作り、オレのことは忘れていく。それでよかった。

でも、それはオレの勝手な考えだった。だから、そうはならなかったんだ。

カイはな、元から、心は女だったんだ。これが正しい表現かも分からないし、当世の人間であるオマエがどう感じるかも分からない。カイは、オレのことを愛してくれていたが、同時にそれを罪深いことだと感じていた。

これでカイが村の――オレが内心見下していた、外へ行って子を作って帰ってくる連中、それの子供だったら、まだよかった。カイが男とどうなろうが、誰も構わなかっただろうな。

ところが、カイはな、全く外の人間だったんだ。

外からここに来る人間はほとんどがここの噂を聞きつけて来る。不老長寿になれる村。あるいは、厄介者を消してくれる村。

カイの親は違った。学者先生だったんだよ。

帯化《たいか》、って知ってるか？　植物の奇形だ。茎、根、花序が伸びたり、でかくなったり……茎も葉も花もめちゃくちゃな場所に位置がずれたり。

どうもここは帯化した植物が多いってんで、調査しに来たんだと。あと、病気の妻の療養。労咳《ろうがい》に罹《かか》っていた。当時は、田舎の綺麗な空気が一番の薬だと信じられていたからな。学者先生らしく、随分カイに厳しくてな。

完璧でいろ、と常にカイに言っていた。カイの母親は幼い頃から労咳で床に臥《ふ》せっているということだから、余計に拗《こじ》らせたんだろうな。カイの体には痣《あざ》やら傷やら火傷やら、たくさんあったたな。

自分は研究だか、書き物だか、実地調査だかでほとんどカイと話もしないくせに、たまに顔を合わせるとその調子だ。

カイはいつも、媚《こ》びるような顔をしていたな。全身で危害を加えないでくれと訴えていた。

そこがまた、可愛らしかった。

オレは他の連中に目を付けられる前に、カイを誘って遊ぶようになった。

カイを誘うのは簡単だった。なにせ、日中、親父は家にいないんだ。小間使いの者は母親に掛かりきりだ。

そういう関係に持ち込むのも、本当に造作もないことだったよ。

あいつは初めて見るものを親鳥だと思う雛《ひな》みたいに、オレに依存するようになった。つまりな、オレが思うよりずっと、向こうは本気だったんだよ。オレに対してだけじゃない、全部にだ。

そんなに懐かれたらオレだって愛着がわく。とにかく可愛くて、ほぼ毎日――『ルカに魅入られてるのと変わらねえな』なんて笑いものにされることもあった。

段々、笑顔も増えてきてな。オレを見ると、子供みたいに笑うんだよ。

ただひたすら、楽しいだけだった。だけど、楽しいだけではダメだったんだなあ。

カイは楽しんでいなかったんだよ。

オレに抱かれるたび、父親のことが浮かんだそうだ。女のように抱かれるなど、男として欠陥品、そういうふうに自分でもずっと思っていたんだと。

あるときから、カイは行為の最中、オレの手を自分の首元に持っていって、

「殺してください」

と言うようになった。最初のうちはそういう嗜好《しこう》かと思っていたが、全く違ったな。本気で死にたかったようだ。

それで、さらに悪いことに、誰が吹き込んだのか、このあたりの伝承を知った。

成が集めてきた中にはなかったな。要約すると――

胸のところに赤い珠を持ったルカという存在が漂流してくる。それを助けた一朗太という漁師と恋仲になる。ルカは嵐を予言したり、傷を治したりするから、村の人間からは神様のように扱われた。仲睦《なかむつ》まじかったルカと一朗太だが、ルカが子供を産んでからおかし

くなる。一朗太はルカの力を使って金もうけに走るようになり、大切な赤い珠まで取り上げ、自由を許さなかった。ルカは段々弱っていって、ついには死んでしまう。なぜか同時に一朗太も死んでしまった。一部始終を見ていた下男の文吾は、ルカの子供を騙して、嫁にする。そして最終的には、金も何もかも、一朗太の持ち物は全て奪ってしまう。と、そんな話だ。

「私、きっとルカの娘と文吾の子孫だよ」

ある日急に、そんなとんでもないことを言い始めた。

「オマエ、何を言い出すんだ」

「そうだよ。だから、こんなに狡《ずる》くて、下らなくて——一生、お父様みたいには、大きくなれないんだよ」

「バカなこと言うな」

オレは内心ひやりとした。カイが子孫だなんだというのは勿論妄想だが、伝承自体は、迷信深い作り話じゃない。繰り返した人間なら誰でも知っている、森山神社の起源だ。文吾本人はある日突然村から出て行ったきり帰ってこないが——森山神社の神主は文吾の子孫だ。カイが子孫なわけはない。まさか外から来た人間の口からそれが出てくるとは……。

オレが適当にあしらっていると、

「見て。何度も見てるでしょ。胸のところに、窪みがある。ここに本当は珠が入っていたんだよ」

そう言って胸の窪みを見せてきてな――なんのことはない、それは当世だと漏斗胸《ろうときょう》ってつって生まれつきの形態異常なわけだが――とにかく、もうとっくに、あいつは壊れてたんだよ。

オレも壊れて、あいつも壊れて、まともな奴は誰もいねえんだ。悪いことしか起こらねえよ。

さらに運が悪かったのは、カイが学者先生の子供で、オレよりも何倍も賢かったことだ。伝承が森山神社のものだと突き止めてしまった。

ある日カイはオレに言ったんだ。

「ねえ、私のこと、一番好きだって言ったよね」

「ああ」

「私のこと、幸せにしたいって、言ったよね」

オレが頷くと、カイは満面に笑みを浮かべた。嬉しい、と呟いた。

「私のここに戻してくれない？」

カイはまた、胸の窪みを見せて言った。

「それは……」

オレはどう言っていいか分からなかった。恥ずかしい話だ。長く生きてきても、何も分からない。無駄に何百年も過ごしている。

カイは壊れていたが、冷静だった。壊れた頭で着々と準備を進めていた。

カイに手を引かれてついていくと、森山神社に向かっているようだった。森山神社、今では立派なもんだが、そのときは打ち捨てられていてな。ああ、ルカの管理——は、後で話すが、本当はそんなもんいらなかったんだよ、そのときは。

草を分け入って本殿まで行くと、そこには大きな仏像、正確に言うと、みたいなもんがあった。そうだな。オマエも見たんだったな。顔が花で覆われている。手足がない。そして埃《ほこり》を払ってみて、気付いた。埃ではなく、そもそも鱗のようなものが彫りこまれている。

「見て、これ、■■だよ」

なんと言ってるのか分からなかった。頭がぐらぐらとした。きっとあれは、にんぎょ、と言っていたんだろうな。カイは興奮した様子のまま、人魚について話したよ。

上半身は人間、下半身は魚の姿。美しい歌声を持ち、その歌に聞き惚れた人間を水に引きずり込む。姿を見ることは不吉だが、食べれば不老長寿になる。そして、春の女神という説もある。成が見せたものの中に、春の訪れだなんだと言っているものがあっただろう。確かに、ルカは花を咲かせることができる。

「ルカの話を初めて聞いたときから、絶対にルカは■■だと思った。■■なら、ってことで調べていったら、ここに辿り着いた。やっぱりあれは本当の話だった。これはルカだよ。

やっぱりルカは神様なんだ。それで、私は」

「いい加減にしろ」

目をきらきらとさせて話し続けるカイは、オレが少し言ったくらいでは止まらなかった。

「私こんな体、捨てたいんだ。そうすれば幸せになれるよ。幸せにしたいって言ってくれたじゃない。お願い」

そうだ。ここでルカの管理、今のイミコがやっていることの話だ。

本当にな、昔は手順なんていらなかったんだよ。正確に言うと、仕組みが分かっていなかった。ただ、あの像の前にルカを置くと、ルカが光るんだよ。それで、オレたちは食べることを許される。そして繰り返すわけだ。

カイは、ルカよりも、あの像に価値があるのだと言った。あれは、文吾の造った像だ、とも。

「ヒトはね、何かしら形があるものじゃないと信じられないんだよ。文吾もそれを分かっていたんだろうね。でもね、あれは張りぼてだよ。あの中にあるんだよ、赤い珠が。私が失くしたものだよ」

「根拠がないだろう」

「根拠はあるよ。げんに、あれの前に置いたら、食べられるようになるんでしょう」

正直言って、恐ろしかった。饒舌《じょうぜつ》に喋るカイのことも、あの像をどうにかする、という考えも。

オレは昔話の中の住人かもしれないが、最初は親から肉を食わされたのだ。その親は繰り返しをやめてとっくに死んでしまってはいたが、とにかく、あの像をどうにかするなどということがあってはいけない、みだりに近付いてはいけないとまで厳しく言われていたよ。禁忌だったんだ、オレにとっては。

それでもオレは、あれを壊した。と言っても、一部だ。背中の部分に穴を開けた。開けた瞬間、もわっとした空気が鼻を突いて、そして、喉からヒッと悲鳴が漏れた。今でも覚えている。しわくちゃで、かさかさのサルのバケモノのような何かが、赤い珠を抱いて鎮座していた。

「やっぱりあった、嬉しい」

カイは全く躊躇《ためら》わずそれを手に取って、頬ずりをした。

「なんなんだ、それは……」

「ルカの息子でしょ」

カイは事も無げにそう答えた。

そうなんだ。伝承には、ルカと一朗太の間には男と女、二人の子供がいたと書いてあった。でも、文吾と娘のことは書いてあっても、ルカが死んだあと息子がどうなったかは書いてなかった。でもやけに自信たっぷりにカイがそう言うんだ。

「そんな不気味なもの」

「不気味じゃないよ！　尊いものだよ！　知らないの」

カイが大声で言った。

「神社なんて名乗っているくせに、信仰体系は仏教なんだね。だから、即身仏」

「即身仏って」

サルの頭を撫でながら、

「多分、文吾は色々考えた末に、ルカの息子をご神体にすることにしたんじゃないかな。でも、教養もないし無知だから、考え出したのが即身仏。ここに生きたまま閉じ込めたんだろうね。脱出しそうとか、誰かが逃がそうとするとか、考えなかったのかな。そもそも、私は赤い珠だけで良かったんじゃないかって思うけど。文吾は幸運だったね。こうやって、息子は即身仏になってくれたわけだし。なんなんだろうね、残酷に、苦しんだ方が尊い者になれるって考え方。でも私、分かる。私もそう思う。私も死んだ方が、正しい形になれると思うから」

そこまで一気に言うと、カイは微笑んだ。そして急にオレの口を吸った。

「突然何を」

「今ここで抱いて欲しいんです」

オレが呆気《あっけ》に取られていると、カイは体格に見合わぬ強い力でオレを押し倒し、

「私たち、正しい形にならなきゃいけないんだ」

カイはかさかさのそれから赤い珠を毟《むし》り取って、握りこんだ。

「触って」

オレにも珠を握らせようとする。オレがほんの指先で触れただけなのに、カイは心底幸せそうに笑った。

取り繕っても仕方ないから言うが、オレはその気になった。逆にカイを押し倒して、口を吸って、それで――

「何をやっているんだ！」

オレが状況を把握する前に、上背のある男に、後頭部を強く殴られた。

昏倒《こんとう》すると、続けざまに腹やら背中やらに蹴りが飛んできて、カイがわんわん泣いている。

「やめてやめて、お父様、やめてっ」

薄目を開けると、カイが男の足に縋《すが》りついているのが見えた。

そのときオレは、だいたい高校生くらいの体格だったな。それに、元からあんまり太れねえんだ。学者のくせに体格のいいカイの父親に、こてんぱんに伸《の》された。カイも同じようにぶん殴られて、蹴られていたな。

泣きながらオレの名前を呼ぶカイを見ながら、何もできなかった。こんな痛みに耐えていたんだなと悲しく思うだけだった。

それと、びくびくしている様子が可愛いなんて少しでも思った自分を殺してやりたくなった。その日だったな。もう繰り返すのをやめようと思ったのは。

大体、なぜ繰り返していたのか分からない。生きていることは退屈で、悲しいことの方が多かった気がする。さっき壊れているって言っただろう。段々、自分がおかしいと思うこともなくなってしまっていたんだよ。

カイの家族は、ひと月もしないうちにどこかへ越してしまった。会いたいと思っても会えなかった。一度だけ、腹磯のあたりでカイの父親とすれ違って、またぼこぼこにされた。次会ったら、殺してやるとさ。

そしてもう一月後に、カイから手紙が来た。オレの苗字《みょうじ》も知らなかったし、住所も。だから、駐在所に届いたんだよ。ぐちゃぐちゃの書き文字で、『また会いに行きます』とそれだけ書いてあった。

オレだって会いたかったが、同時に、オレはカイの人生にいてはならない存在だと思った。カイの顔と体を思い出すたびに、劣情と同時に悲しみが押し寄せる。

ちょうど二年後、また村に生贄《いけにえ》が来た。そいつがルカの餌食《えじき》になったあと、オレは頼み込んでそいつの戸籍をそのまま頂いた。

何がしたかったって、結婚だよ。女と結婚して、子供を作ろうと思った。さっきは気が知れないと言ったが、その考えが変わったわけじゃねえ。ただ、今回は一緒に老いて死んでいくわけだから、違うだろう。

一番の目的は、カイが万が一でもオレとどうこうなろうと思わないようにすることだった。カイは一生懸命で、頭もいい。大きくなったらあの親父のことなどどうとでもできるようになるだろうし、ここに戻ってくる気がした。そのときに、オレが所帯を持っていれば諦めるだろう、と思って。

ああそうだよ。つくづく馬鹿だよオレは。

こんなに生きているのに、いや、生きているからこそ、何も分からなかった。

思った通り、十年後にカイは帰ってきた。ある日突然、父親を連れて。カイの父親は、十年しか経っていないのが信じられないほど老け込んでいた。一回りくらい小さく見えたが、そんなことは気にならなかった。

カイが――なんていうのかな、発光しているみたいに見えた。大人になったカイは、子供のときよりずっと綺麗だったよ。オレを見るなり、駆け寄ってきて。オレもそうしたかったと思う。でも、オレの隣には、女と子供がいた。

オレは女にも子供にも何も教えていない。死んだ男から戸籍を手に入れたことも、ずっと繰り返していることも。村の連中にも話さないように頼んでいた。

だから駆け寄ってきた綺麗な男を見て、女は怪訝《けげん》な顔をして、

「ええと、この方、お知り合い？」

「ああ、そうだ」

オレの言葉を聞いて、カイの目は一瞬で曇った。

「し、り、あ、い？」

カイは一音一音、ゆっくりと発音した。

そして顔を上げて、

「裏切者」

小声でそう言った。

オレから体を離して、またなんでもないように笑顔で去っていく。

「男の人だけど、可愛らしい人ね」

女がそう言った。オレはそうだな、とかなんとか、曖昧に答えた。

嫌な予感がしてならなかった。

その日は帰ってから、隣人と飲みに行く、とありもしない予定を言って、日が落ちた神社に向かった。カイは絶対にここにいるという確信があった。

足がなかなか前に進まなかったのは、整備されていない階段のせいじゃない。あの真っ暗な瞳が脳にこびり付いていたんだ。

鳥居をくぐったとき、

「へえ、来たんですか」

可愛らしい声だった。泣いてしまいそうなくらい。直前まで恐ろしいと思っていたことも忘れ、頭の中がカイと睦《むつ》み合った記憶で満たされた。

カイ、と呼ぶ前に、

「何しに来たんですか」

ぴしゃりと冷たい声で言い捨てられた。

「カイ……オレは」

「何ですか。親しげに呼ばないでください。私とあなたはただの知り合い、なんでしょう」

「違うんだ」

あのときどうして必死に縋《すが》ったのか分からない。そうだと言えばよかったのだろう。なんのために所帯を持ったというのか。でもな、カイを見たら、そんな気持ちはどこかへ行ってしまった。カイの冷たい声も、拗《す》ねているように聞こえて、可愛いと思った。

「楽しそうですね」

カイの口元に薄《う》っすらと笑みが浮かんでいた。

「私は辛かったよ」

カイはそう言って、腕を前に出した。よく見ると、誰かの手を握っている。

それが誰か分かった途端、忘れていた恐怖心が蘇ってきた。

カイの父親だったんだよ。服は襤褸《ぼろ》切れのようで、顔は窶《やつ》れ、目が互いに違う方向を向いていた。彼がもぞもぞと動くたびに、風呂に入らない奴特有のきつい臭気が、目に染みるようだった。

人間がたったの十年でここまで変わるものなのか？

一体どうしてこうなったのか？

何より、確信めいたものがあった。父親をこういうふうにしたのは、カイだ。

何か言おうとしても舌が震えて言葉にならなかった。

「ねえ、私のこと、まだ、愛している？　一番？」

自然に首を縦に振ってしまった。愛情からじゃなかった。命乞いみたいなものだ。

「私を、幸せにしたい？」

また頷く。これは本心だ。カイには幼い頃のような、雛《ひな》鳥のような可愛さでいてほしかった。

「じゃあ、やろう」

目の前に雑巾のような様子の父親がいるというのに、カイは花が咲いたような笑顔を見せて、右手でオレの手を引き、足で父親を蹴りながら、本殿に入った。

入ってすぐ、カイは父親を壁際まで蹴とばして、臭い、と吐き捨てた。父親はくぐもった呻き声を上げた。オレはほんの少しだけ、安心した。まだ呻くことができるということに、人格が残っていると感じたからかな。

そしてカイはこちらを向いて、

「ねえ、どうして繰り返してないの？」

「ああ、それは……うまくいかなかったんだ」

「嘘でしょう。あの女と、子供のためでしょう」

「違う、本当だ」

目的は、確かにカイの言うとおり、図星だった。でもな、その回、繰り返しがうまくいかなかったのは本当のことなんだよ。オレは参加しなかったが、参加した奴から聞いた。ルカは現れて、生贄は捧げられて、しかし、像の前に捧げたときも、ルカは光らなかったのだと。年長者が試しに一口食べてみたが、いつものように旨い。しかし、何度も何度も口にしているからだろうなあ、少し変わった臭みがあることに気付いたんだと。異変を感じて年長者は吐き出した。他の奴らも食べなかった。まあ、また十年待ったらいい、ということで、それは終わった。

つっかえつっかえ、それを説明すると、カイは「やっぱり」と言って笑った。

「オマエ、何かしたのか」

「ううん、そうだねえ」

カイは鞄《かばん》をごそごそと探ってから、何かを取り出した。

赤い珠だった。

「アレに殴られても蹴られても、絶対に渡さなかったんだ。大事なものだから。ルカは甘かったんだよ。どんなことをされても、手放してはいけないものなんだ。ごめんね。だから、繰り返しがうまくいかないのは、当たり前なんです。知ってたのに、試すようなこと言って、ごめんなさい」

カイは少女のように首を傾けて、申し訳なさそうな表情を作った。

「ねえ」

声をかけられるのが恐ろしかった。

確かに十年前からカイは壊れていたが、そのときのカイからはそれ以上に、危険なものを感じた。悲痛な覚悟と言ってもいい。

「始めようよ」

「何を始めるんだ」

「正しい形になること」

カイは十年前と同じようにオレの上に乗って、口を吸った。

甘かった。ルカの肉よりもずっと。

カイの真っ黒な、壊れた瞳を見ていて、分かってしまった。本当に無理をしていたのだ。

オレは気付いてしまった。本当に愛しているのはカイだ。女も子供も愛してはいない。都合がいいから見繕ってきただけだ。それにしたってカイのためだ。オレの命は、カイのためにある。そう思った。

カイが胸元を開けると、薄桃色の突起がある。オレは夢中でそれに舌を這わせた。子供など産まれない。繁栄はない。何の意味もない交わりだ。だが、だからこそ純粋で、愛しいものだと思っていた。

ようやく成長して、昔より硬くなったカイの体を貪《むさぼ》っていると、カイが歌を歌っていることに気付いた。歌、というか、何かの呪文を、音に乗せているようだった。

「可愛い声だ」

そう言うと、カイは歌を止めて、

「結婚するんだよ」

また愛おしいと思った。そんな可能性は微塵もないのに、結婚などという夢を見ているカイは、出会った頃の雛鳥のように見えた。

「ああ、籍は入れられないけれど……」

「籍なんてどうでもいいです。結婚は結婚、そのようになるための」

カイの壊れた瞳に吸い込まれそうだった。カイはオレの腹部に自分の物を擦り付けながら言う。

「私、たくさん勉強したんです。田舎はやっぱり、実地調査は別として、調べものには向いていない。全部、都会に集まるんだ。それで、頑張って作った」

「何を」

「これ。結婚するための、祝詞だよ」

カイは歌うように言う。

「結婚して本物のルカを造る。あんな、ルカもどきのバケモノじゃなくて。そしたら私、さ。正しくなれる」

夢でも見ているような瞳で語るカイとは反対に、オレの心は熱を失っていった。

「何を、言っているんだ」

ぬるい息が耳に掛かる。

「ここの人間は皆馬鹿だよ。まあ、文吾が悪いんだけど。ルカを食べ物にまで貶《おとし》めたでしょう。ルカは本当はもっと、尊いものなのに。ルカは人間などよりずっと、素晴らしいものなのに。人間は浅ましい、こういう行為でしか子を作れない。でも、ルカは違う。きちんと伝承を読んでいないから、ルカと性交をするなどという発想になる」

カイはオレの陰茎を掴んで、自分の穴の中に無理やり引き入れた。久しくなかった快感で、獣のような声が出る。

「ちゃんと読めば分かる。こんな行為をしなくても、子供はできている。この赤い珠で、作れるんだよ。これは全ての源だよ。こんなに綺麗なものはない。でも、心の通い合った者同士じゃないと、きっと駄目なんだ。私は不完全だから、あなたをこんな形でしか」

ああ、と声を上げて、カイは全身を震わせた。

しかしすぐに目を開けて、

「念のため、きちんと、生贄も用意した。大丈夫、これでルカができる。それで、正しい形に」

オレは強引にカイから体を引き離した。肩に回されていたカイの腕が、行き場を求めてふらふらと揺れる。

「正しい形って、なんなんだよ」

カイはしばらく、何の感情も籠《こも》らない、動物のような瞳でオレを見ていた。

「体を治してもらうの」

「何も、悪い所なんか、ないだろ」

立ち上がってオレの方を見るカイは、自分の股間を指さしていた。

「間違っている。本当の私の体に、こんなものはない。全てふっくらと丸いはず。これは悪いものだ」

「違う」

オレはカイを抱きしめた。

「違う。オマエは何も間違っていない。どこも悪くない。ただ、体が」

「そうかな。でも結局、あなたも、私が女の体ではないから、捨てたんでしょう」

心臓の中心に針を刺されたような気持ちだった。何も言い返すことができない。捨てたつもりはない。でも、一時の相手だと思っていた。それは何も間違っていなかった。

「捨ててなんか」

「ねえ、もういいよ」

カイは赤い珠をオレの顔に押し付けて、

「続きをしましょう。確かに、あなたの言うとおり、生まれたときからおかしいものは、治してもらえない――というか、治るということは、ないのかも。でも、間違っていることには変わりがない。間違っているものを、治す、以外で、正しい形にする方法がある。それは、全部なかったことにすること。私という存在をばらばらに切り刻んで、砕いて、焼いて、消してしまうこと。それはまた、正しい形ということになる」

「そんなもの、ま」

「間違っていないよ。私は頑張ったの。あなたは、殺してくれなかったから」

続きをしよう、と手を伸ばしてくるカイのことが無性に恐ろしくなって、オレは咄嗟《とっさ》に手を払いのけた。力加減を間違えたのか、カイは床に倒れ込んだ。

「ははは」

急に大声で笑い出したカイには、もう何も感じなかった。愛情も、性欲さえも。薄情なことだ。オレもおかしいことは承知している。

オレは立ち上がって、衣服を直して、出て行こうとした。

「待て」

大きな声ではない。責めるような声でもない。ただ、無機質な声でカイはそう言って、裸のまま、じりじりと近寄ってくる。

走ろうにも、入ってきた戸の方に回り込まれて、必然的にオレは対面の窓に追いつめられる形になった。オマエが見たことがあるかは分からないが、窓の外は断崖絶壁だ。窓は開いていたが、そこから逃げる気にはとてもならなかった。

カイは足を絡《から》ませて、体ごと壁に押し付けてくる。

「ここまで来たのに、どうして逃げるんですか」

「待て。冷静になれ」

オレは必死に言葉を繋いだ。

「そもそも、オマエの言っていることが全部本当だとして、本物のルカは生まれないだろう。だって、オマエも、オレも、ルカではないんだから」

「それは関係がない。この赤い珠には、全部が詰まっていると言ったでしょう。ルカそのものだよ」

カイは一切目線を逸らさず、

「やっぱり、愛していないの」

何も言えなかった。しかし、それが答えだと思ったんだろうな。

カイは絶望的な顔をして——気が緩んだのは一瞬のことだった。

その一瞬で、何か黒いものが突進してきた。

いつもそうだ。オレは、遅い。長く生きているからかもしれない。どうせ、死なないという——これは、どうでもいいな。

カイの父親だった。カイの父親が突進してきて、オレも、カイも、窓から落ちた。

哀れなことに、カイの父親はオレたちを突き落としておいて、その勢いのまま崖を転がり落ちていった。しかし、最後は笑顔だったよ。

オレはなんとか、窓枠に指を引っかけて、ぶら下がることができた。そして反対側の手でカイを掴むこともできた。

カイは小柄だ。それでも、人ひとりっていうのは、重いもんだな。片手で支えるのには限界があった。

「オレの腕を伝って、どうにか胸にしがみついてくれ。そうしたら、体勢を立て直すことができる」

カイは洞穴みたいな真っ黒の瞳で、

「嫌」

と短く言った。

「やっぱり、正しい方法だった。私は正しい形になれる」

「なれない！　死ぬだけだ」

「あなたには分からないよ」

カイはオレの体をよじ登るどころか、左右に揺らして、落ちるように仕向けてきた。

「ねえ、一緒に」

それで、手が離れた。いや、手を離した、のかもしれない。

カイは声も上げずに、闇に呑まれていったよ。

すぐに我に返って、なんとか窓から這い上がり、急いで下山した。懐中電灯がなくても、その頃には闇に目が慣れていたんだ。カイ、と何度も呼んだ。答えはなかった。

朝日が昇ってしばらくしても、カイは見付からなかった。そんなに広い場所じゃないが、崖下を捜し回り、オレは精も根も尽き果てて、その場で気絶してしまった。目が覚めると、夕日が山肌を赤く染めていたよ。

痛む体を引き摺《ず》って村に戻ると、オレの姿を見た者が家まで駆けていって、女を呼んだ。女が泣きながらオレを抱きしめた。何をしていたかは聞かれなかったよ。

何もかも恐ろしくて、体の汗だけ流して、何も食べないで布団に入った。声をかけてくる女のことも怒鳴りつけて。

一人で布団の中にいると、カイのことを思い出す。色々なことだ。カイへの愛情は本物だと思っていた。しかし、オレは最後に、何をしたのだろうかと。ただじっと、昼も夜も、布団で寝たきりだった。

そんな日が何日続いただろうか。

ある日目が覚めると、外が騒がしい。

眩しい日の光に目を細めながら出て行くと、馴染んだ顔の連中が集まっている。何故か皆笑顔だ。その中には、名目上は森山神社の神主、ということになっている中山一之進《いちのしん》の姿もあった。

どうしたのだ、と尋ねると、

「神社にイミコ様が戻ったのよ。これで安泰だ」

そんなことを言う。

「オマエ、神社のことなど、放ったらかしにしてあったではないか。それに、イミコとはなんだ」

そう言うと、一同が馬鹿にしたように大笑いした。

「何を言っているんだ」

「家に籠っておかしくなったに違いない」

そう言って、口々に、罵倒する。

オレが籠っていたにしても、おそらくほんの一週間程度だ。しかし、この土地に森山神社はなくてはならない場所で、一番尊いのはイミコである、いつの間にかそんなことになっていた。

馬鹿にされるのを我慢してルカの話を聞いてみたら、それは変わっていなかった。ただ、何故かその、イミコとやらが、ルカの一切を取り仕切ることになっていたな。

オレがルカのことまで聞いたので、周りは馬鹿にするのをやめて、なんならもう一週間休んでいればいい、などと言った。

そうだ。もう分かるだろう。イミコは、カイだった。

カイ、と呼んで駆け寄っていくと、カイは引きつった笑みを浮かべて、どちら様です、と言った。

「カイ、どうした。女のような格好をして。いや、そんなことより……生きていたんだな、嬉しいよ」

カイは、もう一度どちら様です、と言ったが、オレがしつこくカイ、と呼びかけると、顔を寄せてきた。

「あなたなんか、もう必要ない。邪魔だけはしないで」

カイはオレにだけ聞こえる声量でそう言って、歩き去った。振り返りもしなかった。

オレはあいつがイミコと名乗りだしてから、勿論だがあいつと肌を合わせたことはない。だから、本当に女になったのか、女の格好をしているだけなのか、分からない。食べると不老長寿になる生き物が存在しているのだ。男が女になったところで不思議はないのかもしれないが、一体どうやったのか。あいつは、ルカを食べてもいないのに、あの日から老いてもいない。

一之進は、イミコ様は神のお使いだと言っていた。神と話し、何やら契約していると。ルカの使い方も、イミコ様しか分からないのだと。

腹磯に卵を集めたのもカイ――イミコ、だと思う。

オレはもう、何もかも恐ろしくなって、神社に関わるのはやめた。ただ、女と子供を、育てていこうと。しかし、人の口に戸は立てられない。なぜか成長した子供は、ルカのことを知っていた。オレが教えなかったからか、「生贄を捧げる風習がある」「人知れず処理される」とだけ、伝わったようだがな。東京に行かせたのに、自分の気に食わない者を連れて、戻ってきたのだ。

オレは必死に守ろうとしたが、やはり男はだれもルカに逆らえない。

それに、守ることもうまくいかなかった。その頃オレはもう老人で、人の手を借りなければ満足に生活もできなかったからだ。

男を守ろうとしたこともイミコにバレて、オレはまた、本殿に連れ込まれた。

あのときとは打って変わって、整備されていて、赤だの白だの、刺繍《ししゅう》が施された布がいくつも飾ってあった。

イミコはオレと二人きりになった。あの像の前でな。

「すまない」

イミコの顔は、オレが可愛いと思っていた頃のままだった。すまない、と言うのは、あの日のことだけではなく、このように醜く老いさらばえた体を、つやつやと照り輝いている奴の前に晒《さら》してしまったこともだ。

「別に」

イミコは投げやりな口調で言った。そして、何もせず、ただじっと見ている。

「どうするんだ」

「まさか殺すと思ってる？」

若者のような口調でそう言った。

「私は見たいだけ。あなたが、死ぬところ」

イミコはしばらくオレを見ていたが、やはりずっとはそうしていられない。用事を足しに外に出かけた。舐められていたんだろうな。死にかけの爺だから。見張りもなかった。

オレはそのときイミコが抱えていた、何やら動くものを摑んだ。内臓のようだが、意思があるように蠢《うごめ》いていた。不気味だが、一かけら齧《かじ》って、這って逃げ出した。イミコがあのように扱うならば、ルカに違いないと思ったのだ。

計算違いだったのは、効きすぎたことだ。不老の効果はまちまちだと言ったが、あそこまで戻ったことはなかった。オレは、二歳か三歳か、幼児と言っていい年齢にまで戻ってしまったんだ。運が良かったのは、たまたまオレを拾ってくれた人間がいたことだ。ろくでもない母親に置き去りにされたと勘違いをして、家に連れ帰って育ててくれた。申し訳ないが、自分である程度動けるようになったらそこも逃げ出して、今まで一人で生きている。

カイではないが、自分なりに勉強した結果、あの卵がルカの発生源で、イミコしか近寄っていないことも分かった。

カイがおかしくなったのは、勿論オレのせいもあるかもしれない。イカれた父親のせいも。でもな、根本的な原因は、ルカだよ。ルカなんぞいなければ、ここまで壊れることもなかったんだ。

多分もうオレは、カイのことは愛していない。でも、情はある。だから、全部壊してやろうと思った。ルカというものを。

結局失敗してしまったけどな。

それに、どういうわけか、ルカが律として生きている。一体どういうことかもう、分からない。律がルカなら、オレが食べたあれは何なのだ。

とにかく、こんなオレでも分かることは、イミコはもう一度、結婚の儀式をしようとしている。

ルカ——つまり、律と、誰を結婚させようとしているのか。もしや、あの肉塊か？

結婚が成功して、本物のルカとやらが生み出せたとして、奴はもう、女になっているようだから、もう一つ叶えるものがあるとするなら、破壊、だな。

突拍子もない話だろうが、なぜか確信めいたものがある。あんなに壊れているんだ。

ルカは、天候を操るのだ。それを組み合わせると、ぞっとしないな。

オレたちはとにもかくにも、本殿まで乗り込まなくてはいけない。協力してくれるな。

＊

落ちる。落ちる。落ちる。落ちていく。

思い出も、優しさも、愛も、ばらばらと、落ちていく。

頭だけが燃えるように熱い。

私は怒っている。

何に？

さっきまで、手を握っていた男に？

勿論。

でもそれだけではない。

私はもうずっと前から怒っている。

正しい形で生まれられなかった。

しかしそれは私の責任ではないと思う。

そうだ。私を正しい形に生まなかった。

それでいて、正しい形にする方法も持たなかった。

この世界全部に、怒っている。

誰も私を理解しなかった。

私を愛していると言った男も結局同じだった。涙まで流して、どこも悪くないだと。

ふざけるな。

何も知らないくせに。

私はおかしい。私は、正しくない。

だからこそ、父に言われるがまま、治療を受けた。

病院へ行くと、ロイド眼鏡の医者が、ビデオモニターの前に置かれた椅子に私を座らせ、
私の頭に何やら大掛かりな装置の付いた、金属製の帽子を被せる。

まず映し出されたのは裸の女だ。目と鼻の大きな派手な美人で、乳房と尻にたっぷりと

脂肪が乗っている。一分くらい後、次の写真が出てくる。老人だ。年老いていて、男女の区別はつかない。次は犬で、次はまた、裸の女だった。最初の女と違って顔は地味だが、細い腰が印象的で、体の線は丸い。

その次の写真、若い男性だ、と認識した瞬間に、私は気絶した。

きついアンモニア臭で強制的に起こされて、また同じように連続で写真を見せられる。

次もまた、若い男性が映ったとき、脳天から貫かれるような鋭い痛みで全身が痙攣した。今回は気絶しなかった。分かったのは、電気を流されているということだった。

電流の刺激に慣れてきたときに私は気付いた。写真の男性は、皆あの男——一郎彦に似ている。手足が長く、痩せていて、鼻が高い。さっぱりと整った顔だが、垂れた目に色気を感じる。違うのは、皆微笑んでいることだ。イチは微笑まない。

後から調べたところ、あれは転向療法といって、同性愛を治す治療なのだという。女性と男性の写真を映して、男性が映ったときにのみ電流を流せば、男性を見ると条件反射的に電気を流されたときの激痛が蘇り、男性のことを忌避するようになる、という理論に基づいた治療らしい。

下らない。パブロフの犬か。私は犬ではない。

イチに似た男を選んだのは精神科医ではなく、父だろう。

全く愚かだ。専門馬鹿とは父のような人間のことを言うのだろう。学力は高いかもしれないが、自分の専門分野以外では全くの阿呆だ。

だから、男性を愛することは間違っている、などという思い違いをする。私が間違っているのは体だ。女であるのに、男の体を持って生まれたことが間違いなのだ。

顔も体格も母に似た私に、周りは常々「男らしくあれ」と強要した。喘息《ぜんそく》で運動もできないのに、色々な武道を習わされた。そんなことをしても私は男らしくなるどころか、自分の体への違和感が増すだけだった。

走り込みの最中、発作で倒れ込むと「オカマ」と呼ばれて嘲笑された。

見た目だけでも父のようだったら、そんなことは言われなかっただろう。私は男らしくあれと言われるほど、一層男らしさへの嫌悪を強めていった。

イチは私を女扱いした。オカマではない。女だ。

性交をするとき、「オマエはオレの女だ」と何度も言った。あれは単に、雰囲気を盛り上げるための、その場限りの睦言《むつごと》だろう。私にだって分かっている。それでも嬉しかった。

父がイチのことを私の好みの男だと思ったのもばかばかしい。私は自分を女だと言ってくれる男を選んだに過ぎない。

こんなばかばかしい治療でも、私は不平を言わなかった。

本当に治るのなら、なんだっていいと思えた。私が自分の体を正しいものと思えるのだったら、それで。

しかし治療は全くの逆効果だった。

電撃の激痛が走るたび、私はイチのことを強く思い出した。最中の言葉も、肌の生温かさも、特有の異物感も、嬉しいような苦しさも、終わった後の優しい眼差しも。

父と精神科医が、私を見下すように観察している。器具を外し、電気を通されたぼうっとした頭でその光景を見ていると、イチが囁《ささや》いてくるようになった。よくやった、頑張った、オレの女だ、そういうふうに。勿論それは私の幻覚でしかないが、私はいつも治療の直後はそういった幸福感に包まれていて、薄笑いを浮かべていた。父は私の気が触れたとでも思って焦ったのか、「でもこれはお前のためだ」とかなんとか必死になって言っていた。

なんといじらしいことか、と我ながら思う。私はあの治療によって、イチへの慕情を強めていった。どうにか隙を見て、村の駐在所宛に手紙も出した。また会いに行きます、と。そのときは本物の女になって――そういう妄想をずっとしていた。

無意味な治療を施される傍ら、私はイチとの将来について考えていた。そして一つの、確定的な事実に辿り着いた。

私の父と母は私を幸せにしない。父は横暴で、母は役立たずだ。

イチとの将来を考えたときに、彼らの存在は邪魔でしかない。

彼らを消す、と考えているうちに、私は村にいたイチの友人らしき男が言っていた話を思い出す。

『ここは人を消してくれる村なんて言われているけど』

とか。男がそう言った瞬間にイチが大声で遮《さえぎ》ったから、そのあと何を言おうとしていたのかは分からない。

人を消してくれる村。その言葉だけきちんと聞こえた。でも、どういうことか全く分からなかった。

どうにかイチのいないタイミングで、その男に尋ね、一回の性交と引き換えに、私はこの村に伝わる伝説のようなものを聞いた。よくある昔話のような、まるで現実的ではない話。普通だったら聞いて損をした、と思うくらいの。しかし、単なる民話だと切り捨てることはできなかった。実際問題、『ルカ』が村を闊歩《かっぽ》していたからだ。肌が雪のように白く、濡れたような瞳の、この世のものとは思えない美しさの女だった。

人を消してくれる村。

この村の人間は、よそから来た厄介者を、『ルカ』に捧げているのだ。

「俺がこれを話したってイチに言わないでくれよ。お前も、俺とこういうことをしたのが奴にバレるとまずいだろう」

そう言ってにやにやと笑う男の様子が、何よりこれが作り話ではないと物語っていると感じた。

聞いた瞬間、すぐに分かったこともある。これは色々改変されてはいるが、人魚伝説だ。肉を食べると不老長寿になる生き物。花を咲かせるということだから、東欧の水に住む春の精霊の伝承も混じっているかもしれない。『ルカ』とは人魚のことなのだ。

私の勘は全て当たっていて、思った通りの場所に、思った通りのものがあった。

あのとき私は、本当に自分のことを人魚だと思っていたわけではない。本物の人魚を生み出そうと思っていたわけでもない。私は幼く、弱く、目の前のイチに依存していた。ただ、イチに、果てまで付き合ってほしかった。私と一緒に、壊れてほしかったのだ。

しかし、結局邪魔されてしまった。

でも、どんなに打たれても、蹴られても、あの赤い珠だけは手放さなかった。私はあれに縋っていた。あれさえ持っていれば何かが変わると思っていた。結局東京に帰っても、珠の正体は分からなかった。

分からないことは分かるまで調べる、という癖がついたのは、唯一、父の子に生まれてよかったことかもしれない。

「お父様の働いているところが見たいです」

治療が終わった後にそう言ってみると、罪悪感からか、父は快諾した。私は父の働く大学へ行き、それ以降、学校が終わると大学の図書館に入り浸るようになった。

『ルカ』および森山についての伝承は、比較的すぐに見つけることができた。村の男から聞いた話も、子供向けにアレンジされてはいたが、ほぼそのままの形で載っている民話集もあった。さらに上の資料を当たっていくのはそれなりに大変だったが、私はどうしても、ルカと一朗太が赤い珠を用いて何をして子供ができたのか、知りたかったのだ。そのうちにこれが大本だろう、という資料を見付けた。

そこに書いてある二人の会話の一行に目が留まった。

『如此之期乃詔汝者自右廻逢我者自左廻逢』

これは『古事記』の、イザナミとイザナギの結婚というエピソードの中で、イザナギが言った言葉だ。天《あめ》の御柱《みはしら》という巨大な柱の周りをお互いが違う方向から廻り、出会うことで婚姻が成立する。

ルカと一朗太の話では、男の一朗太ではなく、女のルカが発言していた。それに、民話と違って、ルカは地面に棒を立て、そこに赤い珠を嵌《は》めこみ、その周りを廻ったのだ。その間、赤い珠は赤々と、炎のように燃えていた、とも書かれている。

どうも、「柱の周りを廻る」というのは、婚姻の重要な儀式で、柱状のものは神霊を降ろすものであり、その周りを廻ることが神霊の加護を得ることになるらしい。そして火は、全てを原初に立ち返らせ、新たな生命を生み出すために必要だ、と。

要は、彼らはきちんとセオリーに基づいた結婚の儀式を行っていたのだ。

私はまた、イチとのことを考えた。

私の体はどうしたって男だ。

でも、もしかして、新しい生命を生み出せたら、それは女、ということになるのではないか。

ルカと一朗太の間に直接的な性交渉の描写はない。そもそも、少し触れると火傷を負ってしまうほど、人間と人魚は肌の温度が違うのだから、無理な話なのかもしれない。

私はルカではないが、赤い珠を持っている。だから、できるかもしれない。

やはり、父と母を殺すしかない。そうしないと森山に戻れない。私一人では、とにもかくにも何も始まらないのだから。

もともと労咳を患っている母を殺すのは簡単だった。

冬の寒い夜、母の部屋のストーブを消し、毛布をそっとはぎ取る。窓も少し開けておいた。翌朝にはストーブをつけて、何事もなかったかのように部屋を整えておく。それを数回繰り返した。

彼女はあっという間に病を悪化させ、そのまま亡くなった。最後の言葉は「大きく産んであげられなくてごめんね」。謝るくらいなら最初から産まなければいい。

嬉しい誤算は、父が目に見えて弱っていったことだった。いつも他人に威圧感を与えるほどまっすぐだった背中は丸くなり、手足がひょろひょろと細いから、なんだかカマキリのように見えた。

私は治療に行かされなくなったし、母のために何人かいた手伝いの人もやめさせたから、食事を作るのが私の仕事になった。家には植物組織の固定液であるＦＡＡがあって、私は少量ずつ、父の食事に混ぜ込んだ。彼はじわりじわりと体調を崩していった。その頃になってくると父は味の違和感――ＦＡＡは酢酸とホルムアルデヒドが入っているので、味も臭いもきついはずなのだが――それにも気付かず、ただ咀嚼して嚥下《えんげ》するようになっていたので、混ぜる量も大胆になっていった。

私は幼かったから、彼が早く死ねばいいと思っていた。今考えてみると、本当に死んでしまったら、警察に調べられて、私が犯人だということが分かってしまっただろうに。人より体が大きいせいで、丈夫だったのだろう。とにかく、運よく父は死ななかったけれど、私はそのことに腹を立てていた。

死ななかったといっても、死んでいないだけだ。彼は日がな一日頭痛と眩暈《めまい》に襲われ、時折昏倒するようになった。このような状態ではとても仕事などできない。父は大学を辞め、家に引きこもるようになった。ここで病院などに掛かっていたら何かが変わったのかもしれないが、父は「病院に行くのは弱い人間」と考えていたし、無理にでも連れていくほど父のことを考えてくれる人も、周りにいなかった。人望がなかったのだ。人生の終盤に出た、彼の生きざまへの答えだ。

なかなか死なないので、私は彼を虐待するようになった。殴ったり蹴ったりするのはやったことがないし、やったところで、非力な自分の与えられるダメージなど微々たるものだろうから、耳元でずっと、恨み言を吐き続けた。私のものではない。母のものだ。

私は母に似ている。

父は私のことを母だと思い込んで、私に向かってすまない、すまない、と繰り返した。大きかった父が弱っている様子は少し面白かったので、私はFAAの量を調節して、生かさず、殺さずの状態を保ってやることにした。

目が澱《よど》み、前後不覚になった父にサインをさせ、お嬢様育ちだった母の持っていた家財を売り払い、家も売却して、私は森山に戻った。戻れるまで、十年もかかった。

イチに会ったらなんと言おうか、ずっと考えていた。

私は父を虐めている間もずっと、結婚の準備を整えていた。片っ端から文献を漁《あさ》り、それでも分からないときは直接その土地に出向いたりして、古今東西、あらゆる婚姻について調べた。

そして、やはり風土的には神前式が良いかと思って、結婚の祝詞を作ったりもした。

森山に帰って、イチを見たとき、私がどんなに嬉しかったか分からないだろう。そして、直後にどんなに絶望したかも。

あのときから私は壊れている。いや、もうとっくに壊れてはいたが、人を愛するという、わずかに残った人間らしい部分も消えた。やっと気付いたのだ。そもそも私はイチを愛してはいなかった。ただ女扱いしてくれる人間に依存していただけだ。脳から何か薬が抜けたような気分だった。あとは憎しみしか残らない。

生み出した人魚に、世界を壊してもらうことだけを考えた。

何の愛情も残っていなかったけれど、怒りと憎しみだけでイチを誘って、それで、私は失敗した。

死ぬ寸前まで痛めつけた父に邪魔され、そして、イチにも。

せめて道連れにしたかった。こんな私でも、少しは意味のあることをしたかった。

こうして死ぬ前になって思い出す楽しかったことは全て、森山で過ごした夏の記憶というのが忌々しい。

もうそろそろ地面に激突し、脳漿《のうしょう》をぶちまけて、私は死体になる。そう思って目を閉じても、なかなか地面に到着しない。

最初に気が付いたのは、掌《てのひら》が熱いことだった。燃えるように熱い。そして、手に持っていた赤い珠のことを思い出す。

「全部あげる」

私の口から譫言《うわごと》のように言葉が漏れた。

「全部あげるから、世界を壊して」

そのとき私は、確かに何かの声を聴いた。何かは、私の願いを聞き入れた。

それで目が覚めたら、私は水の中にいた。真っ白な服を着て、服の重さで沈みそうになって、慌てて体を起こす。それで、自分が今、腹磯と呼ばれる水のある場所に立っていることに気が付いた。

遠くに薄っすらと、白く透き通るようなものが見えた。足が自然とそちらへ向かう。近くで見ると、水の底からあぶくがいくつか上がってきて、時折弾けた。

まだその何かの声は聞こえている。蝸牛《かぎゅう》が聞き取っているわけではない。ただ、そう言われていると、分かる。

無数にある透き通った白い球体。これはルカの卵だ。

私はこれを育てていく。

濡れて肌に張り付いた服を指で引っ張ると、もう一つ気付いたことがある。私にはもう、陰茎がない。しかし女になったわけでもない。私の股はつるりとしていて、ただ排泄用かもしれない、何かの穴があるだけだ。

「これじゃあ誰とも交われないね」

そう口に出して、笑う。今更誰と交わるというのか。私は結局女にはなれなかった。でもそれでもかまわない。この世界と心中するのだ。

陰茎だけではない。五感全てが狂っていた。元の通りにはならず、全てが極彩色に見え、花の香りで鼻腔が満たされている。ずっと先の民家で寝ている人間の寝息が聞こえ、呼吸するたびに体中に血が巡り、熱を持った。体は小さいままだったが、私は今なら何でもできる気がした。森山に伝わるルカの習性を思い出す。ルカは男から奪っていく。め、みみ、はな、したのね、はい、いのふ、はらわた、そしてようぶつ――全部あげると言ったのは私だ。全ての機能を失ったわけではないけれど、私の元々のものは全てなくなり、別のものに置き換わったのだから、失ったともいえる。伝承の通りになった。少し悲しいのは、ルカに奪われたということは、やはり私は男でしかないと分かったことだ。

水から上がり、濡れた体のまま腹磯の緑地を抜けて、集落まで行く。どうなることかと思ったが、村人たちは口々に「イミコ様が帰ってきてくださった」と言って私を拝んだ。あまりにもご都合主義だ。私が思った通りに、私にだけ都合がいいように、物事が進んでいく。私はいつの間にか、森山神社の神事の一切を取り仕切ることになっていた。

取り仕切るとは言っても、私には紙で見た知識しかない。

ここの住人は、繰り返すことにしか関心がない馬鹿ばかりで助かった。本当に勉強をしてきた人から見れば稚拙で上澄みだけ掬《すく》ったような儀式なのだが、ずっと昔から行われてきたかのように扱われた。

私の体は年を取らない。繰り返しているからではなく、世の理《ことわり》から外れてしまったからだ。しかし、年を取らず、夜眠くなることもなく、五感の冴えわたったこの体は、私を助けてくれた。本当のルカを造り出せるよう必死に努力した。それでも、なかなかうまくいかなかった。

原因は、皮肉にも、私の仕事がイミコであることだ。

かりそめの神事やお祓いの真似事など、やることが多く、それらに取り掛かっている間に男たちは勝手にルカもどきに心を奪われ、正式な婚姻の儀式を経ないで全てを捧げてしまう。そして、それを食べたルカもどきを皆で食って若返る。

どうしてこんなに無意味なループを何度も繰り返しているのか、全く分からない。私には目的がある。しかし、村人たちは、若返ったからといって新しいことを学ぶわけでもなんでもない。繰り返すことそのものが目的になっているのかもしれない。

イチは私とのことを引き摺っているのか、大人しく子を育て、老いるがままになっていた。すらりとした体が衰えて、枯れ木のようにみすぼらしくなっていくのを見ることだけは少し愉快だったが、やはり私はもう、イチのことで胸が締め付けられるような気持ちになることはなくなった。それよりも、なかなかルカを造れないことが悩みだった。

私の状況を打破するきっかけになったのは、礼本という男だった。

礼本はどうしようもないクズで、それは本人だけでなく、両親もそうだった。

この村が人を消してくれる村だと聞いて、礼本の親は夫婦そろって入村してきたという。そもそも腹に何を秘めているか分からない夫婦だったのだが、あまりにも周囲と問題を起こすので、ルカについても、繰り返しについても、誰も教えなかった。消したかったはずの老人がぽっくり死んでも、もはや彼らにとって何もメリットはないはずなのに、礼本家は住み続けていた。

そんな鼻つまみ者の家の長男がルカもどきに魅入られたことに、村民は皆喜んだ。長男は父親に輪をかけたクズで、気に入らないことがあればすぐに暴力を振るう。皆が彼の死を待ち望んでいたのだ。

ところが、彼は死ななかった。なんと、ルカもどきに片目を捧げたときに、ルカもどきに対して攻撃し、そのまま覚醒したのだという。こんなことは初めてだった。

つまり彼の場合は、ルカもどきへの慕情より、暴力性が勝ったのだ。この結果を見て、うまく誘導すれば、ルカもどきに八つのものを捧げる前に婚姻の儀式に臨むことは、こちらでコントロールするのが可能だと分かった。

次に来た男の子で、私は試してみることにした。いかにも意志薄弱で、狡くて、小心者に見えた。彼の姿をちらりと見たときから無性に気に食わなかった。

彼がどういう経緯でここに来たのか聞いたとき、納得した。彼は私とよく似ていた。そして、彼の祖父であるイチとも。

適当に金を与えて飼いならしていた礼本と共に彼に会ったとき、私は叫ぶのを必死に堪えた。手足が長く痩せていて、鼻が高い。何より似ていたのは、優し気に垂れた目だ。近くで見ると、彼はイチにそっくりだった。私の視覚は狂っていたから、何もかもくっきりと見えすぎて、他の人間の顔はじっと見ないようにしていたのだけれど、イチに似たその顔だけはしっかりと目に焼き付けた。

今回のルカもどきが男の姿をしているということに、礼本は驚いていた。私は話を聞いていたから驚きはしなかったが、そんなところまでイチと似ている。私の妹ということになっていた杏子を抱いている傍らで、彼はルカもどきに心を奪われていた。そういう彼の存在自体が耐えられなかった。同時に、彼は何もかもうってつけだった。やはり私の思う通りにことが進むようになっているのだと思った。

しかし、そううまくはいかなかった。

私も森山の〝繰り返し〟ている連中と同じように、段々、人間らしい思考ができなくなっていたのだろう。特に、恋だとか愛だとか、そういうものを軽んじていた。

杏子は、瞬きする程度の短い時間を過ごした相手なのに本気で愛して、彼のために自分を犠牲にした。儀式は失敗し、杏子も死んだ。彼女が死んだことは私にとって予想外に悲しく、自分がまだこの世への希望を捨てていないのではないかと不安になったりもした。

残されたのはルカの肉だ。これは紛れもなくルカもどきと彼の間にできた子供だからルカには違いないのだけれど、目も鼻も口もなく、頭のように見える部分に少し裂け目があって、そこがぴくぴくと動いているだけだった。呼吸をしているのだ、と思うと、愛しくて堪らなくなった。それに、私の狂った視覚が、これは恐らく素晴らしいものであると語っていた。

想像通り、彼が森山から出て、帰ってくるまでに、ルカは立派に成長した。文吾の造った仏像のようなものにそっくりになった。手も足もなく、下半身は魚のように鱗で覆われている。私には分からないが、あの少年の顔に似ているのかもしれない。

やはり、儀式は正しかった。しかし、生み落とされる段階で分かれてしまったのだ。このルカと、彼の顔をした人間のようなルカは、どちらも本物だ。今度こそ、完全なルカを造るためには、どちらも必要なのだ。

私は何度もルカに触れ、願った。ルカも私に頬を寄せて微笑んでいる。

今ここに、二つのルカが揃ったのだ。

私は「律」と名前がついている方のルカに言う。

「お返しします」

「律」は身を捩《よじ》って、私が差し出した赤い珠を受け取るのを拒否しようとする。もう一方の〝ルカ〟は「律」の前に這っていって微笑んだ。

「瑠樺……？」

「律」の口から溜息のように言葉が漏れた。

「瑠樺、どうして……俺……」

声を震わせて〝ルカ〟に縋っている。大方、十年前、彼の同級生として現れたルカの姿でも見ているのだろう。〝ルカ〟は健気で可愛い生き物だ。私には全く、どういう顔をしているのか分からないが、どうやら相手にとって一番魅力的な姿で現れるらしい。

〝ルカ〟が「律」の口を吸った。「律」の目は互い違いの方を向き、すぐに大人しくなる。

「もう大丈夫ですよ」

私が〝ルカ〟に声をかけると、〝ルカ〟は顔を離し、「律」の腕に寄り添うように絡みついた。

私は「律」を柱に赤い紐《ひも》で留めながら、押し寄せる多幸感で頭が一杯になる。

もうすぐだ。もうすぐ、このどうしようもない場所ごと、世界は押し流される。

＊

地面がぐらりと揺れた。

成はイチの様子を横目で窺った。彼は全く気にしていないようだ。

「地面が揺れることはよくあるだろう」

そう短く言って、口の前に人差し指を立てた。成もこくりと頷く。

明かりのつくものは何も持たず、手探りで山を登り、森山神社の本殿の前までどうにか辿り着いた。見張りだろう人間がたくさんいて、実は何回か目が合った気がする。襲って

きたりしないので不思議に思っていると、

「あいつらはいちいちイミコに確認を取らないと行動できないんだよ」

とイチが言った。それならばこそこそと隠れず堂々と乗り込んだ方が楽なのではないかと思ったが、それでも念のため、ということだ。そもそも成はイチと違って森山の地形をほとんど覚えていない。道なき道をするすると進むイチについていくのが精いっぱいで、余計な口を挟む余裕などなかった。


やっと辿り着いた本殿の横をすり抜けるイチに、成は声をかけた。

「通り過ぎちゃうんですか？」

「いや、違う。ここではないんだ」


イチが止まったのは、真下に黒く深い海が広がっている、断崖絶壁に建った奇妙な形の建物だった。

「なんですか、ここ、宝物殿……とか」


イチは首を横に振る。そして黙ったまま、腹ばいになって隠れるように指示をした。成が言われたとおりにすると、白い服を着た大柄な男が間髪を容《い》れずに建物の扉を開けた。

あっと声を上げそうになって慌てて口を押さえる。


イミコが中から顔を出した。

「もう行って。今日は休んでください」

そう言われた男は納得のいかない様子でイミコの方をちらちらと振り返りながら、本殿の方に消えていった。

イミコが建物の中に入るのを確認してから、イチはゆっくりと立ち上がった。成もそれに倣って体を起こす。

「まず、一番の目標は、赤い珠を奪い取ることだ」

イチはきっぱりと言った。

「とにもかくにも、あの珠がなければ何も起こせないはずだ。もし、それが不可能だとして、律だけでもイミコから引き離せ。どっちにしろこの体だ。オレは奴の気を引くことしかできないだろう。どうしたって、オマエ頼りになっちまう」

「それは、構いませんが……」

「それともう一つ。どんなことになっても、オマエは律を連れていけ。そして今度こそ二度とここへ戻ってくるな。オレのことは捨てていけ。いいな」

成は頷いたが、イチは溜息を吐いて首を振った。

「オマエ、良い奴というか、甘い奴のようだから、心配だ。間違ってもオレを庇《かば》おうと思うんじゃねえぞ」

『甘いのはあなたも同じでは？』

突如、凛とした声が響いた。いや、響いた、というよりは、脳を揺らされた、に近い。

そしてまた、ぐらりと地面が揺れる。

『赤い珠を奪うとか、発想が短絡的なんですよ。やはり、あなたは――ここの人間は、特別に馬鹿ですね』

成は顔を上げることができなかった。目に見えない手で頭を押しつぶされているようだ。こめかみがぎりぎりと痛んで、血液が循環を止めるのが分かる。

視界の端にイチが見えた。這うようにして進んでいる。

「オレは、オマエを……」

『無駄。無駄無駄無駄。何をしても、どうにもならない』

声だけのイミコは、笑っているようですらある。

『どうして、あなたの思い通りになるとか思っちゃうのかなあ。あなたが思いつくくらいのこと、私はとっくに考えています。もう何をしても同じ。起こることは変わらない。だから、あなたがたも簡単にここに来ることができた。それくらい、分からないものでしょうか』

ばたん、と音がして、建物の扉が開いた。

『どうぞ。入ってきたら？　せっかく来てくれたのだから、一緒に過ごしましょう』

イチの様子を横目で窺うと、イチはよろよろとした足取りで、成の方など見もしないで建物に入っていった。明らかによくないことが起こるだろうが――しかし、今ここでは、そうするしか選択肢はない。

成もなんとか前に進んで、建物の中に入る。

最初に目に入ったのは、部屋の真ん中に聳《そび》え立つ柱状のものだった。柱の頂点に、赤く光るものが見えた。

「律」

成は大声で律を呼んだ。律が赤い紐で柱に括り付けられている。

律は何も答えなかった。目が虚ろで、絶え間なく口を開けたり閉じたりしている。唇の動きから何を言っているのか読み取ろうとしても、何一つ分からない。

「言ったでしょう。もうどうにもならないんですよ。始まってしまったから。始まったら、終わるだけなの」

いつの間にかイミコは、成とイチの間に立っていた。髪を一つに括り、頭に花をつけ、手には神楽鈴《かぐらすず》を持っている。

「カイ、オマエ……」

息も絶え絶えに言うイチを、イミコは冷たい目で一瞥した。

「黙って。あなたの存在だけは、今でも少し不快です。苦しんで死んでいくところが見たかった。でも、もう――もう、どうでもいいから。分かるでしょう。来ているの」

再び地面がぐらりと揺れた。さっきより、ずっと大きい揺れだった。

ぱたぱたと外で音がする。誰かの足音かと思ったが、そうではない。大きな雨粒が屋根に当たる音だ。やがてそれは大きくなり、すぐに打ち付けるような音に変わり、盥《たらい》をひっくり返したような激しい水音が八方から聞こえてきた。

しゃん、と鈴が鳴る。雨音をかき消すように、しゃん、しゃん、と鈴は鳴り続ける。

イミコが踊っている。小柄な体を大きく動かして、鈴を鳴らしながら舞っている。

――かけまくもかしこきもりやまじんじゃのおおまえに――

ずるずると何かを引き摺るような音がする。成は「律」と呼びそうになったが、これは違う。イミコが「いいもの」と言っていた、律に似た何かだ。それは律の顔をしてずるずると這い回る。

――やそかびはあれどもきょうのいくひのたるひにえらびさだめて――

凄まじい破裂音とともに、硬いものが顔に当たった。当たった部分がじくじくと痛む。ガラス片だ。天井が割れて、ガラスが降ってきたのだ。そこから雨が滝のように落ちてきて、体を濡らした。

それだけではない。地面が浸水している。扉の隙間から、水が溢れている。

――とつぎのいやわざとりおこなわんとす――

扉が吹き飛んだ。水が溢れる。波が押し寄せてきて、呑み込まれる。

体の上下左右も分からなくなる。しかし、それはイミコも同じだ。波に呑まれ、どこにいるかも分からない。先程まで感じていた圧力のようなものが消え、なんとか体は動かせる。

成は必死に水を掻き、律を捜す。視界の端の端に、律の足が映った。どこにいても、律のことだけはすぐに分かる。

律、と呼ぶと、口から泡がいくつも出て、すぐに消えた。

＊

「りっちゃん」

そう呼ばれて律はがばっと体を起こす。

カーンという快音が響いて、野球ボールが空高く飛んでいく。窓の外で、同じユニフォームを着た少年たちが、元気に野球をしている。

「りっちゃん」

栗色の毛がさらさらと風に靡《なび》いている。

大きな瞳を悲しそうに潤ませて瑠樺は言う。

「りっちゃん、もう、瑠樺のこと、きらいになった？」

「嫌いになるわけない。さっきだって」

律は覚えている。ついさっき、人のいない体育館倉庫で、何度も抱いた体温を。瑠樺の肌は薄く、柔らかく、一生その匂いで満たされたいような甘い香りがする。脇に顔を埋めるのが好きだった。ふわふわとした脇毛が頬に当たるのが好きだ。その部分だけ匂いが濃くて、思い切り吸うと瑠樺は恥ずかしそうに顔を歪める。それでまた、堪らない気持ちになった。

「瑠樺、大好きだよ」

瑠樺に手を伸ばすと、悲しそうな顔のまま、

「でも、りっちゃんは、べつのひとを見ているでしょう」

そう言って、律の手を振り払う。

そんなことない、と言ってもう一度手を伸ばそうとすると、

「律！」

どこかから律を呼ぶ声が聞こえた。

「りっちゃんは、もう、瑠樺より、そっちがすきでしょう」

そう言われた瞬間、肺が圧迫され、呼吸がうまくできなくなる。

違う、という言葉の代わりに、口からぼこぼこと音がした。ここは教室だ。森山の、田舎の、瑠樺と自分だけの。そのはずなのに、どうして。

「りっちゃん、つらいこと、ばっかりだよ」

瑠樺の手はぬるりとしていて、びっしりと鱗で覆われている。綺麗だ、と律は言った。宝石のようだった。

「りっちゃんは、りっちゃんをつらくした、ひとたちのこと、おぼえてないの」

皮膚が裂け、骨が折れる痛み。縛り付けるほど執着し、恋した相手に気持ち悪いと吐き捨てられた。肉親から消えてほしいと望まれた。そのあとはずっと、肉体ばかりを要求さ

れた。何をやっても、どこまでも、全てがうまくいかない。それは、律が律である限り、永遠に続く辛苦だ。

「わすれようよ。ワスれて、瑠樺といっしょにゆこうよ」

どこへ。

「ぱらいそ」

瑠樺は律の耳元に唇を寄せた。ふっくらとした上唇が耳の縁をなぞる。

「ぱらいそには花と光だけがあって、イシキはただ存ざいしてゐるだけなんだよ」

瑠樺の声は楽器の音色のようだ。理解できなくとも、心に刻まれる。

「りっちゃんが辛いところわもう見たくナイです」

律はもういい、と言って目を閉じようとした。俺も瑠樺を愛していると言って、「全部あげる」と言って、一緒に『ぱらいそ』に行って、ただ浮遊する意識として。どんなに幸せだろうかと思う。辛いことは何もないのだと思う。でも、どうしても、それは不可能だった。

律の腰は太い腕に摑まれて、水の中から引き上げられた。

肺が水を拒否して、汚い音を立てて咳き込む。

目が回る。

もう律には、懐かしい教室は見えなかった。

「律！」

分厚い、がさがさとした、優美という言葉とはかけ離れた質感の手が、律の頬を撫でる。

「律！」

「や、ご……」

八合——成は、律を肩の方まで抱き上げて、守るように前方を睨みつけた。

「律は何も話さなくていい」

「でも、瑠樺が」

「律、俺は、お前のことが好きだ」

律は思わず成の顔をまじまじと見つめた。

「こんなときに、何言ってんの……」

小石やら瓦礫やら、色々なものを波が運んでくる。雨は依然として絶え間なく降り続き、世界が闇に呑まれたかのように明かり一つない。遠くから悲鳴のようなものが聞こえた。もしかして、ここ一帯が全て、濁流に呑み込まれつつあるのかもしれない。成に支えられているが、それだけだ。いつ溺死してもおかしくない。

波がごうごうといっている。

「律のことが可愛くて堪らない。大切にしたい」

成の言葉だけが聞こえる。

「それは……それは、俺が、ルカになったからだよ。それくらい、分かってる。もし、ここから出られたら、そのときは、普通の男だよ。お前は、きっともう、可愛いとは思わなくなる」

「そうかもしれない」

成は律を強く抱きしめた。

「それでも、大切にしたい。律が幸せになれるように、二人で考えたい」

成の声は震えていた。

「家に帰って、律が『おかえり』って言ってくれると、幸せな気持ちになるんだ。自分はふらふら出かけるくせに、俺が仕事に行くとき『行っちゃうんだ』って言ったり――意外と、笑い声が大きいのも好きだ。椅子引いたり、隠れたり、子供みてえな悪戯《いたずら》するのも可愛いと思う。いつも弁当作ってくれてありがとう。なんでも明け透けに話すくせに、話した後こっちの様子を窺ってるのも、律の優しい性格が出てると思う。俺を傷付けたくないんだよな。それから」

「もう、もう、大丈夫だから」

成の言葉を慌てて遮る。放っておいたら、死ぬ寸前まで律のことを褒め続けそうだった。

「俺が言いたいのはさ。こんなにいいところを知ってんだよ。今更、律の見た目が変わっても、絶対に嫌にならない。俺は絶対に離れない。そういうことだけが、全部じゃないだろ」

ほとんど泣きそうだった。いや、実際に律は泣いていた。ごうごうと鳴る波の中で、成の腕の力が弱くなっていくのを感じながら、泣いていた。顔を見られたくなかった。

こんなふうに大事にされたのは、生まれて初めてだった。

裸で触れあったこともないのに、成のことが世界で一番愛おしいと感じた。

「りっチャん」

奇妙な響きの声で反射的に振り返ろうとする律の頭を、成は押さえつけようとする。

「律、見たら駄目だ」

「でも瑠樺がっ」

「りっチャん、ぱらいそ」

瑠樺は壊れた機械のように、「りっちゃん」と「ぱらいそ」を繰り返した。押さえつけていた成の手を押し戻して、律は水に肩まで沈んで、ゆっくりと振り返る。

「これが……ルカ、か?」

成に問われても、すぐには答えられなかった。

「りっちゃ」

栗色の髪と大きな瞳を持った美少年はいなかった。

左右で大きさの違うぎょろりとした目に一枚被膜のようなものが被っていて、それが明かりもないのにぬらぬらと光っている。美しく弧を描いていた唇は下だけが突出している。風船に穴が開いたような間の抜けた音は、それの首筋にある隙間から聞こえてくる。頭頂部に申し訳程度に毛が生えていて――唯一かつての瑠樺と共通点があるとすれば、尖った牙《きば》だけだった。

余すところなく全身を埋め尽くす鱗からは、濁流と同じような生臭い臭いがした。

これが瑠樺か、と聞かれて、そんなわけはない、と叫ぶ気にはならなかった。律はもう、きちんと分かっていた。

瑠樺に対して律は、ほぼ性欲だけで接していたと思った。実際、ほとんどは性欲だった。自分の理想と完全に一致した美少年を誰にも邪魔されず抱いていた。

しかし、性欲だけではなかったのだ。

両親に見捨てられ、田舎の学校に馴染めず、そんな律を瑠樺は救っていた。もしかしてセックス抜きでも、律は瑠樺に夢中になっていたかもしれない。

杏子のことも思い出した。律は杏子に一かけらも愛を与えなかったのに、自分の命を犠牲にしてまで律のことを救った。彼女は律が生きることを望んだ。色々な目に遭っても命を自ら絶ったりしなかったのは、杏子のことが頭にこびりついているからだった。彼女が救ってくれた命を無駄にしたくはなかった。

律は瑠樺をまっすぐに見た。これは瑠樺だ。姿かたちが変わっても。

「瑠樺、ごめん、やっぱり一緒にぱらいそ行けないよ」

「りっちゃ、しワ、わせ?」

異形のバケモノの口の端から、ぼろぼろと何かが落ちた。すぐ後ろで戌の嫌悪感混じりの溜息が聞こえた。無理もない。

しかし律は少しも醜いとは思わず、強く頷いた。

「瑠樺。今でも、大好きだよ」

「りっちゃ」

瑠樺が言葉を発すると同時に、雨が止んだ。

「ありがとう、瑠樺」

瑠樺は律を見て、瞬きをした。瞬きとは言っても、膜のようなものを蠢《うごめ》かせただけだ。

しかし、律には、高校のとき、廊下ですれ違うと瑠樺が律に向かって行った、特別な仕草を思い起こさせた。心を掻きむしられるような気分だ。

戌は律の腕を自分の方にしがみつかせて、なんとか突起した岩に取りついた。水は確実に引いていっている。あとは、完全に引くまでここで耐えればいいだけだ。荷物は流されてしまったが、生きていればどうにでもなる。

もう少し頑張ろうな、と声をかけようとしたとき、左腕をものすごい力で握るものがあった。

「何、勝手に、終わった気になっているの」

成の喉から悲鳴が漏れた。

黒髪がべたりと顔に張り付いている。化粧が剝がれ落ち、目の下が黒く染まり、刺すような目で睨むイミコは、鱗塗《まみ》れの異形よりずっと恐ろしいものに見えた。

「ルカ。あなたはそんなものではないはず。ヒトのことなんて考えなくていいの。早く、結婚の続きをしましょう。それで、子供をっ」

「もうやめろ」

頭上から声がした。見上げると、この濁流の中でも折れる気配すらない、幹の太い、背の高い木の上に、イチが立ってこちらを見下ろしている。

イチは右手に何かを持って、それを掲げた。赤い珠だった。

「なんで、あなたが、それを」

「初めてきちんと触った。熱くて、柔らかい。心臓のようだ」

「返しなさい！」

イミコは恐ろしい形相で岩を登り、イチに手を伸ばす。

「元からオマエのものではないだろう、カイ」

何故かイチは、優しい顔で微笑んでいた。

「こんなもの、そもそもここにあってはならない」

そう言うと、一瞬で赤い珠を握り潰した。

腹の奥から絞り出されたような絶叫が聞こえ、イミコは泥人形のようにその場に崩れ落ちた。

ごうごうと鳴っているのはまた水が押し寄せてきたからではない。一か所に集まっていくのだ。恐らく、腹磯に。

律は瑠樺がいた場所に目を凝らした。もう何もない。

「人魚姫は波間へ飛び込みました。自分の体が溶けて、泡になっていくのが分かりました」

ぼそりと呟く。恐らく『人魚姫』の一節だった。しかし、これは律の言葉ではなく、誰かが律の口を借りて言ったように思えた。

「そうだ。人魚だ。人魚だな。全て終わったということだ。水が完全に引いたら帰れ。オマエたち二人とも、二度とここに来るな」

イチがそう告げた。赤いものが顔に飛び散っていた。

律はしばらくイチを見てから言った。

「あなたはどうするんですか」

「それはオマエには関わりのないことだ」

イチはするすると木を下りて、岩の上でしゃがみ、律を見つめた。

「冷たくして悪かった。オマエの持つ悪い部分は、全てオレから受け継いだものだ。それなのに――いや、だからこそ、オマエのことを見ると苛々《いらいら》した」

「一体、何を」

イチはゆっくりと律の頭を撫でる。

「昔こうしたのを覚えているか？　手前勝手に作ったが、オマエのことは可愛いと思っていたよ」

『律はおじいちゃんに似ているね』

唐突に母の言葉が脳裏に浮かびあがった。

目の前の少年は目尻が垂れている。

『目元なんて、そっくり』

「おじいちゃん……？」

イチは否定も肯定もせず、目を細めた。

「オレの面倒を見てくれたことも覚えている。律、オマエはオマエが思うよりずっと、いい人間だよ」

最後の足掻きのような潮の轟きが聞こえた。そちらに視線を向けると、イミコが波に攫《さら》われていくのが見える。

「じゃあな」

そう言ってイチは飛び込んだ。

手を摑んで引き上げようとしても、棒のように華奢《きゃしゃ》な体は一瞬で流されていく。水の中に入ろうとしたが、成が胴を摑んで放してくれなかった。

おじいちゃん、おじいちゃん、と何度も呼ぶ。涙が溢れて止まらなかった。

水がすっかり引いて、ぐずぐずになった地面に立てるようになっても、律は泣いていた。波に揉まれた名残か、全身がひりひりと痛んで堪らなかった。

「帰ろうか」

成が腰に手を回し、しゃがみこんでいる律を立たせた。

神社も、奇妙な建物も、それについていた階段も、何もなかった。民家は押し流されたのだろう。家具がばらばらと散っている。

歩いていくと、車の横転したのがいくつもあって、中に泥が詰まっている。

どういうわけか、死体はどこにもなかった。

「綺麗だね」

律がぽつりと言った。

日が射している。

遠くに、赤紫の花が群生しているのが見えた。

＊

「何で来たの」

カイは大声で叫んだ。

「私が死んで、森山が滅んで、ハッピーエンドじゃない。どうして今更。あのときと同じように、振り落とせばいい。見捨てればいい」

イチの背よりずっと高い波が立って、イチを呑み込もうとした。しかし、イチは渾身《こんしん》の力を込めて波を掻き分け、カイの手を握った。

「放してよ」

イチはそれには応えない。その代わりカイの腰に手を回し、抱き寄せた。

ごうごうという渦の音で、何も聞こえるはずがない。雨が止んだところで、荒波はすぐには止まらないのだ。しかし、カイの狂った聴覚が、イチの声を拾ってしまう。

「なあ、オマエ、幸せか？」

カイの計画は全て失敗した。長年してきた努力も全て、文字通り水の泡だ。幸せなわけがない、と怒鳴りつけようとしてカイは考える。

幸せかもしれない。

カイは正しい形になりたかった。そうでなければ死にたかった。世界と心中するなどというのは、森山の狂った磁場にあてられて起こした、癇癪《かんしゃく》のようなものかもしれなかった。

「幸せだよ」

半分本心で、もう半分はイチになんとか言い返してやりたくて、カイは言う。

「幸せに決まっている。私はこれでやっとっ」

全て言い終える前に、イチがカイの唇に自分の唇を重ねた。驚いて動けなくなったカイの舌をイチは吸う。

波はますます激しくなり、目にも鼻にも、合わさった口の隙間からも、容赦なく水が流れ込んでくる。全く意に介することなく、イチはカイの口腔を貪り続けた。

イチの体は細くて、小さくて、まだほんの子供の姿なのに、カイはイチを振りほどけなかった。

しばらくして、イチは口を吸うのをやめ、カイの顔をじっと見る。

「オマエの顔を久しぶりに見た気がする」

カイはどうすればいいか分からず、ただイチと同じように、相手の顔をじっと見ていることしかできない。カイにとって最も不可解だったのが、目の前のイチのことを、愛しいと感じている自分自身だった。心臓が跳ねている。何年も、何を食べても泥の味しか分からなかった舌が、イチの舌を甘いと感じた。永遠に吸ったり、吸われたりしていたいと思った。

「オレは、オマエが幸せだって言うなら、これでいいと思う」

「な、何を」

「オマエを幸せにしたかったんだよ」

イチは細い腕で、しがみつくようにカイを抱きしめた。

「今、口が緩んだ。可愛いなあ」

「調子のいいことを……」

「可愛いなあ、綺麗だなあ。オレにとってオマエは、ずっと可愛い女だよ。ルカなんかより、ずっと」

カイは何も言えなかった。抗えなかったのだ。ずっと聞きたかった言葉に。

「いつまでも、そういうふうにしていてほしかった」

イチはカイの頬に手を伸ばし、何度か撫でた。もう全身がぐちゃぐちゃに濡れていて、手の感覚もなかったが、ほんの少しだけ温かい気がして、カイは自ら頬を寄せてしまっていた。

「そういうふうにさあ、雛鳥みたいに、可愛くて」

カイは目を瞑って、頬を擦る掌の温かさに浸った。でも永遠には続かない。

頬の温かさは消え、腰に回されていた腕が離れ、何の音も立てないで、イチは沈んでいった。

「おじいちゃん！」
背後で叫ぶ声を聞きながら、カイは水に潜って、イチの手を摑もうとする。摑めない。
だから、もっと深くへ。
苦しくはない。こんなに波が立っているのに、水の中は静かで、暗く、美しい。
きっとイチも同じだ。だから、笑顔で手招きをしている。
カイは薄っすらと笑いながら、心の中で律を嘲笑う。
この人は「おじいちゃん」ではない。
誰かの何かではない。
イチは私の男だ。
私は、イチの女だ。

3

✳

肉

目覚めて真っ先に思うことは、「美しい」だ。

東京で二人、暮らし始めて半年になるが、一切変わらない。

滑らかな白い肌に映える黒髪。首にくっきりと浮かび上がる喉仏はそれだけで彼が雄であることを示しているのに、あまりにも蠱惑的《こわくてき》で、寝息と共に上下するそれにしばらく目を奪われる。段々、罪悪感さえ覚えて、そこから目を逸らしても意味はない。薄い胸の上に二つ、突起があって、うっすらと膨らんでいる。

唇は熟れた実のように赤く、花弁のように開いていて、どんなに吸い尽くしても足らない。

目を開いて欲しい、と思う。目が特に美しいから。目尻が下がっていて、それは優しく穏やかな雰囲気と同時に、危険なものを孕《はら》んでいる。その目でじっと見ながら、名前を呼んで欲しい。そして、眼球に舌を這わせて、

「ううん」

律がもぞもぞと体を動かした。しばらく瞼《まぶた》を動かしてから、ぱちりと目を開く。

その瞬間、堪え切れなくなって、成は律の唇を吸った。

律は再び目を閉じて、成を受け入れる。舌を生き物のように動かして、唾液を交換し、どちらがどちらか分からなくなるまで――

「痛いっ」

律が細い腕で成の肩を強く押した。

赤い唇に、より赤い血が少し垂れている。

成はそれを舐めとって、

「ごめん」

と謝った。

律は上半身を起こして、成に頬を擦り付ける。

「いいけどさ、最近、がぶがぶがぶがぶ噛んで。わんちゃんなのか？」

ここも、ここも、ここも強く噛んだよな、と律は少し眉を顰《ひそ》めながら、首筋と、乳首と、太腿の内側を指さした。

成は頷く。実際は、もっとだ。強く噛んでいない部分の方が少ない。律の肌は口に含むと、より滑らかで、柔らかくて、もっと感触を試してみたくて、気が付くと歯を立ててしまう。律の肌は脆《もろ》く、肉食獣でない人間の犬歯でも簡単に貫くことができる。血液はうまくもまずくもない。しかし、律の体液が口に流れ込んでいるというだけで十分だ。もっと色々なところを口に含み、歯《は》を立てて肉を裂き、吸ってみたいと思う。

あれほど色々なところを食んだのに、昨晩の傷跡はどこにもない。前の日のものも、その前の日のものも、だ。律の肌は傷一つなく、白く輝いている。

「結構、痛いんだからな。すぐ、治るだけで」

律は文句を言いながらも、甘えるような声を出して、成にもたれかかるように体を預けた。

成は律の腹に手を回し、柔らかい脂肪を弄《もてあそ》んだ。

「りっちゃんが最近ぷにぷにしてるからさ」

「なんだ？　意地悪か？」

律は拗ねたように口を尖らせる。

「仕方ないだろ、ほとんど外に出ないんだから」

その通りだ。もう律は、夜出歩くことはない。

東京に帰ってからの律は、今までのような生き方をしなくなった。

つまり、きっぱりと売春行為をやめたのだ。

「色々、何の意味もなかったなあ」

荷物をまとめながら律は言った。売春をやめるということは、けじめをつけるということとだ、と言って、律はマンションを買い与えた男に連絡を取った。随分渋られたようだが、結局なんとか決着がついて、律は出て行くことになったのだ。

「どうしてこんなことが罪滅ぼしになると思っていたのか分からない。思い返すと辛い思いなんてあんまりしてないかも」

「それは違うんじゃないか？」

「違う？　だって、結局、衣食住、面倒見てもらってたし、大体言うことを聞いてくれたわけだし」

「それはルカとしてのお前の話だろ。律のことは誰も見ていなかった。それって、辛い話だと思うよ」

律は少し考えこんだ後、

「八合は？」

と聞いた。

「どういう意味？」

「八合は俺のこと見てた？　それとも、ルカのこと見てた？」

「それは……」

「聞くの怖かったから……でも、早いうちの方が、いいよね。俺、今、どう見えてる？」

律は唇を震わせて、

「森山がなくなって、神社も、イミコも、ルカも消えて……俺、どうなった？　また自分本位で、自分勝手で、醜いと思われるかもしれない。でも、俺が一番いま、気になってるのは……気になってるのは、さあ」

「辛かったら話さなくても」

律は首を振った。そして、深呼吸をしてから続ける。

「俺が一番気になってるのは、八合が俺を抱けるかってことだよ」

律の瞳の中に海がある、と思った。波のように揺れて、輝いている。

「そういう、い、い、いうことだけが全部じゃないってお前は言ったけど、俺は嫌だ……嫌なんだよ……」

成は律の肩に手を伸ばして、また引っ込めた。何か言葉にしてやらないといけない、と思った。

「なあ、成って呼んでくれよ」

律は少し戸惑ったような顔をして、「成」と言った。

初めに、律の指を摑んだ。つるつるしていて、爪まで繊細な作り物のようだった。

律は動揺して、何、と騒いでいたが、成は親指から始めて、小指まで順番に、確かめるように触った。掌、腕、肘、肩、胸、背中、腹、太腿、膝、踝《くるぶし》、踵、足底——足の小指を触ったとき、

「もういいよ、やめて……なにっ……」

律が上ずった声で成を制止する。

「まだ足りないんだけど」

「何、ほんと……」

「お前の好きなところを触ってるんだ」

律の口から赤ん坊の喃語のような言葉が漏れている。

「足の小指の爪、ちいちゃくて可愛い。そんなところまで可愛いと思うくらい、お前の全部が、可愛い。可愛くて、好きだ」

律は白い肌を真っ赤に染めて、奇声を上げた。圧縮袋に入れた布団に顔を埋め、足をもぞもぞと動かしている。

「何も言わないってことは、続きをしていいってことだな」

そう声をかけて、成は律のうなじに唇を置いた。

そうだ、あの日だった。成が初めて律を抱いた日だ。

男を抱いたのは初めてだったが、そんなことよりも、この世にこんなに美しい生き物が存在していて、その上熱を持った瞳で自分を求めているということに感動して、成の目からは絶え間なく涙が出た。律はそれを拭って、「なんでお前が泣いてるんだよ」と言って笑った。

翌日二人で起きて、またどうしようもない気持ちが湧いてきたが、引っ越し業者が来るまで数時間しかないことに気が付き、慌てて荷物をまとめた。

二人で暮らすには成の部屋では狭かったから、新しい部屋を借りたのだ。

成は相変わらず、百貨店で働いている。同世代では割合給料も良い方だから、律一人くらい余裕で養うことができるのだが、

「どっちかが一方的に寄りかかる関係はいつか駄目になるから」

そう言って律は自分も働くのだ、と言った。

しかし、律の魔性は、森山が流されても衰えることはなかった。歩けば——いや、歩かなくても、存在するだけで人を虜にしてしまう。

俺ってやっぱりルカなんだよなあ、と言って、律は寂しそうに笑った。バケモノだから、働けるわけないよなあ、と。

成は職場の同僚に相談した。体調の問題で外出できないが、人並みにコミュニケーション能力もある女と同棲していて、彼女が働きたいと言っているが、どうしたらいいか、と。

同僚は羨ましいぞ、などと言って成をひとしきり揶揄《から》ったあと、

「今は動画配信とかで稼いでる奴たくさんいるだろ」と言った。

成は、ああいう人々は結局顔を出して、日々の体験をシェアしたり、テレビに出る芸能人などと違って視聴者に親近感を与えることで金銭を得ているのだ、と思ったが、どうも

最近は顔など出さないで動画を配信し、それだけで生活している人間もかなりいるのだという。

成が消沈する律に提案してみると、律は一週間も経たないうちに機材を揃え、動画を一本配信した。そのとき流行していたポップスを歌うだけの動画だったが、それがいきなり話題になった。

「これもルカの性質だと思うんだけど……正直俺、歌、死ぬほど上手くて」

成もそれは知っていた。律は気分が高揚すると、鼻歌を歌う癖がある。しかし、上手いというわけではない。異様に魅力的、とでもいえばいいのか。ある意味、死ぬほど上手い、という表現は正しい。心の奥にある魂の核を素手で掴まれ、揺さぶられるような感覚になる。

成は律の配信した動画は観なかった。鼻歌だけでもそうなるのだから、本当の歌を聞いてしまったらどうなるのか、想像するだけで恐ろしい。

動画は観ずに、コメント欄やSNSで反応だけチェックする。録音した機材がさほど良いものではないからか、幸いにも死んでしまった人間はいないようだが、律の歌を絶賛するものばかりだった。その熱量は病的と言ってもよかった。

律の存在は嵐だった。歌と、たまに手元だけ映す料理配信で、あっという間に律が私娼をしていたときと同じくらいの収入に戻った。勿論マスメディアから声もかかったし、いくつか依頼も受けたが、打ち合わせのときでさえ、律は頑《かたく》なに顔を出さなかった。成も勿論、それに賛成した。

律は様々な人間から顔を出すように勧められた。彼らは勿論律の並外れて美しい容姿のことは知らなかったが、その方が売れる、というのだ。生産者の顔写真がパッケージに印刷されている野菜のようなものだろうか。

「今でも十分、売れてるし。二人で幸せに暮らせればいいだけだから」

律はそう言って微笑む。律が私娼をしていたとき、彼は身に余るような贈り物を成にしていた。そのときと比べると、随分まともなことを言うようになったものだ。そんな余計なことは言わず、そうだな、と成は言う。成は笑顔の律が一番好きだった。

こちらを全面的に信頼している、絶対に害されることはないと信じ切った笑顔。何故、あんなに意地を張っていたのか分からない、と成は思う。

とにかく絶対に律を抱いたり、それより前の段階でキスをしたり、手を触れることさえしてはいけないと強く思っていた。そうしないと、他の客たちと同じになり下がってしまう、と。

しかし、何度も、何度も、朝も昼も晩も関係なく、視界に入るときは交わる、そういう生活を送っていると、そんなことは無意味だったと思える。律は成を求めているのだ。あのときこうしても、その他大勢と一緒になることなど絶対になかった。律は成を愛している。律は成のものだ。

成は律の耳朶《みみたぶ》に歯を立てる。前歯が軟骨に当たり、なんとも心地よい。

「最近、たしかに太ったかもしんないけどさあ、意地悪じゃん、そんなのぉ」

律の抗議の声はやがて甘い声に変わっていく。

「意地悪じゃないよ、気持ちいい体になったなと思ってる」

「そう……」

律の体は細いままだ。手足もすらりと長く、首が驚くほど華奢だ。太った、というのは適切な言葉ではない。ただ、胸部と臀部《でんぶ》と下腹部に、柔らかい肉が乗った、それだけなのだ。

女の体になったわけではない。律の股間には恐らく成よりもやや大きいと思われる陰茎が怒張しているし、浮き出た肋骨も、臍《へそ》の上にうっすらとある腹筋の線も、男性的だ。

「綺麗だなあ」

成は律の腹を擦る。ここにも海がある。波の流れのように優しく時折ふるふると動く。これを切り取ったら海が溢れるだろうか。

男でも女でもなく、これはルカというバケモノの体なのかもしれない。

律を見ていると、どうしても、ひどく――

けたたましい音で目覚まし時計が鳴った。

成の脳から噎《む》せ返るように甘い花の香りが少しずつ引いていく。

「ああ、時間だ」

成は体を起こし、頭を強く振る。こうすることで、さらに花の香りが追い出されていくような気がした。

「会社、行っちゃうんだね」

律の寂しそうな声を聞いて、成はその声帯を毟《むし》ってしまいたいと思う。どうにかそれを堪えながら、

「二人で幸せに暮らすためにな」

そう言うと、また律は微笑む。

ベッドから立ち上がり、シャワーを浴びて、律の作った朝食を食べる。律の作った弁当を手渡されて、「今日は何時に帰ってくるの」「十時は過ぎないと思う」そんなやり取りをする。律は安心しきっている。きっと、考えもしていない。これからもずっと、何も起こらず、暮らしていけるのだと信じ切っている。だから律は成のものだ。成のために美しいものだ。

「あ……」

行ってきます、と律を抱きしめている最中に、律は急に声を上げた。

「なんか、ドアの外……」

律は五感が鋭敏だった。少しの気配にもすぐに気が付いたりする。しかし、二人は今、オートロックのマンションに住んでいる。

「なんかいるか？　隣の人とかじゃないのか？　荷物なら、下で鳴らさないと入ってこれないだろ」

成が言い終わるか終わらないかのうちに、ドアを叩く音が聞こえた。

最初は軽く三回。

返事をしないでいると、徐々に音が大きくなっていく。

成がドアを開けようとすると、鋭い痛みが手の甲に走る。律が指を食い込ませている。

「だめ」

上目遣いでこちらを見ている。瞳の中に海がある。成は口を開けて、その海を飲み干してしまいたいと思う。

それでも、何度もドアを叩く音がうるさくて、一刻も早く律の眼球をしゃぶりたくて、成はドアに向かって怒鳴る。

「なんだよ、うるせえなっ」

背後で悲鳴が聞こえる。外は雨だ。

「そこにいるんですよねー」

男の声だった。

「わかってるんですよ、そこにいるんですよねー」

今度は女の声だった。

「いいなあ、おいしそうだなあ、でもがまんがまん、とつきとおかたたないと」

気付いた。一人の人間が、男のような、女のような、老人のような、声を使い分けている。

「あかんぼうはいまうみのなかにいる。とつきとおかうみのなかにいて、ちとえいようをははからもらい、きたないものをははへわたす。ながいみちをとおり、うみのせかいをはなれる」

びしゃびしゃという水音が聞こえた。律を見る。律は床に蹲《うずくま》り、今朝食べたものを吐き戻していた。

「もうすぐでーす」

子供のような声でそれは言った。

律の腹の中には海がある、それは、本当なのか。

花の香りで正常な思考ができない。成は壊れた脳で考える。律の腹を触ると胎動があったのだ、あれは胎動だったのだあれは。

腹磯で、イチは手に赤い珠を持っていた。高い木の上でそれを持っていた。自分たちは回ったのではないか？　確かに回ったかもしれない。濁流に押し流されて、ぐるぐると。

「いない」

成の口から誰のためでもない言葉が零れる。

「隠しても駄目ですよぉ」

この声はあの女の声だ。

「美味しそうな匂いがするから分かりますぅ」

けらけらと笑っている、無邪気に。

「うまれたらどうなる？」

もう、誰の言葉かも分からない。

律は腹に海があり、海の底にはルカがいる。

「うまれたらどうなる？」

律《ルカ》の口から糸が引いている。成はそれを吸う。吐《と》瀉《しゃ》物の酸味と苦みに混じって、脳に電撃の走るような甘さが。貪《むさぼ》っても貪っても、足りることはない。

これはルカだ。肉だ。美しいのではなく、美味しいのだ。

パライソ：paraíso。天国。楽園。

【参考書籍】

『怪談と奇談：古今情話』水島尺草　信明堂書店　久盛堂書店
『近世実録奇話叢』笠原保久編　篁文堂
『現代語西鶴全集　三巻』春秋社
『新釈諸国噺』太宰治　生活社

この作品は「小説幻冬」２０２２年７月号〜12月号に連載されたものを、加筆修正したものです。

著者略歴 **芦花公園**（ろかこうえん）

東京都生まれ。小説投稿サイト「カクヨム」に掲載し、Twitterなどで話題になった「ほねがらみ―某所怪談レポート―」を書籍化した『ほねがらみ』にてデビュー、ホラー界の新星として、たちまち注目を集める。その他の著書に『異端の祝祭』『漆黒の慕情』『聖者の落角』の「佐々木事務所」シリーズ（角川ホラー文庫）、『とらすの子』（東京創元社）ほか。

パライソのどん底

2023年3月10日　第1刷発行

著　者　芦花公園
発行人　見城 徹
編集人　菊地朱雅子
編集者　袖山満一子
発行所　株式会社 幻冬舎
〒151-0051 東京都渋谷区千駄ヶ谷4-9-7
電話 03(5411)6211(編集)
03(5411)6222(営業)
公式HP https://www.gentosha.co.jp/
印刷・製本所　中央精版印刷株式会社

Printed in Japan ISBN978-4-344-04082-3 C0093
この本に関するご意見・ご感想は、下記アンケートフォームからお寄せください。
https://www.gentosha.co.jp/e/